AGATHA'NIN ANAHTARI

Ahmet Ümit 1960'ta Gaziantep'te doğdu. Marmara Üniversitesi Kamu Yönetimi Bölümü'nü bitirdi. 1985-1986 yıllarında, Moskova'da Sosyal Bilimler Akademisi'nde siyaset eğitimi gördü. İlk kitabı 1989'da yayımlanan *Sokağın Zulası* adlı şiir kitabıdır. 1992'de ilk öykü kitabı *Çıplak Ayaklıydı Gece* yayımlandı. Bunu 1994'te *Bir Ses Böler Geceyi*, 1999'da *Agatha'nın Anahtarı*, 2002'de *Şeytan Ayrıntıda Gizlidir* adlı polisiye öykü kitapları izledi. 1995'te hem çocuklara hem de büyüklere yönelik *Masal Masal İçinde* ve 2008'de yayımlanan *Olmayan Ülke* ile farklı bir tarz denedi. 1996'da yazdığı ilk roman *Sis ve Gece*, polisiye edebiyatta bir başyapıt olarak değerlendirildi. Bu romanın ardından 1998'de *Kar Kokusu*, 2000'de *Patasana*, 2002'de *Kukla* yayımlandı. Bu kitapları, *Ninatta'nın Bileziği, İnsan Ruhunun Haritası, Aşk Köpekliktir, Beyoğlu Rapsodisi, Kavim, Bab-ı Esrar, İstanbul Hatırası, Sultanı Öldürmek, Beyoğlu'nun En Güzel Abisi, Elveda Güzel Vatanım, Kırlangıç Çığlığı* ve *Aşkımız Eski Bir Roman* adlı kitapları izledi. Son romanı *Kayıp Tanrılar Ülkesi* 2021 yılında yayımlandı. Masal tarzında kaleme aldığı son kitabı *Bir Aşk Masalı* 2022 yılında okuyucuyla buluştu. Ahmet Ümit'in İsmail Gülgeç'le *Başkomser Nevzat - Çiçekçinin Ölümü* ve *Başkomser Nevzat - Tapınak Fahişeleri*, Aptülika (Abdülkadir Elçioğlu) ile *Başkomser Nevzat - Davulcu Davut'u Kim Öldürdü?* ve Bartu Bölükbaşı'yla hazırladıkları *Elveda Güzel Vatanım* adlı çizgi romanları yayımlanmıştır. Eserleri 34 farklı dilde yayımlanan yazar uluslararası bir okur kitlesine ulaşmıştır.

Sis ve Gece adlı romanı Turgut Yasalar tarafından, *Bir Ses Böler Geceyi* adlı romanı ise Ersan Arsever tarafından uzun metrajlı filme uyarlanmıştır. Senaryosunu kendisinin yazdığı *Merhaba Güzel Vatanım* adlı dökü-drama Cengiz Özkarabekir tarafından filme çekilmiştir. Öykülerinden Uğur Yücel tarafından, *Karanlıkta Koşanlar*, Cevdet Mercan tarafından *Şeytan Ayrıntıda Gizlidir* adlı iki ayrı dizi film yapılmıştır. *Aşk Köpekliktir* adlı hikâyesi oyunlaştırılarak Akla Kara Tiyatrosu tarafından sahneye konulmuştur. *Ninatta'nın Bileziği* İstanbul Devlet Opera ve Balesi tarafından *Ninatta* adıyla opera olarak sahnelenmiştir. *Masal Masal İçinde*, İstanbul Devlet Tiyatroları tarafından sahneye koyulmuştur.

Ahmet Ümit şehirlilik bilincini uyandırmak, tarihi kentlere duyarlılığı artırmak ve çokkültürlülüğü geliştirmek için "Yaşadığın Şehir" adlı bir TV programı yapmıştır.

Ahmet Ümit sosyal medya hesapları:
www.twitter.com/baskomsernevzat
www.instagram.com/baskomsernevzat
www.facebook.com/yazarahmetumit
www.youtube.com/ahmetumityazar

Ahmet Ümit'in
YKY'deki kitapları:

Aşkımız Eski Bir Roman (2019)
Kırlangıç Çığlığı (2019)
Sokağın Zulası (2019)
Masal Masal İçinde (2019)
Kavim (2019)
İstanbul Hatırası (2019)
Sis ve Gece (2019)
Patasana (2019)
Bab-ı Esrar (2019)
Olmayan Ülke (2019)
Sultanı Öldürmek (2019)
Beyoğlu Rapsodisi (2019)
Agatha'nın Anahtarı (2019)
Beyoğlu'nun En Güzel Abisi (2019)
Şeytan Ayrıntıda Gizlidir (2019)
Ninatta'nın Bileziği (2019)
Kar Kokusu (2019)
Çıplak Ayaklıydı Gece (2019)
Kukla (2019)
Bir Ses Böler Geceyi (2019)
Aşk Köpekliktir (2020)
İnsan Ruhunun Haritası (2020)
Elveda Güzel Vatanım (2020)
Kayıp Tanrılar Ülkesi (2021)
Sis ve Gece - 25 Yaşında (Özel, 2021)
Bir Aşk Masalı (2022)

Çizgi Roman
Başkomser Nevzat 1 - Çiçekçinin Ölümü
Başkomser Nevzat 2 - Tapınak Fahişeleri
Başkomser Nevzat 3 - Davulcu Davut'u Kim Öldürdü?

AHMET ÜMİT

Agatha'nın Anahtarı

Öykü

YAPI KREDİ YAYINLARI

Yapı Kredi Yayınları - 5502
Edebiyat - 1575

Agatha'nın Anahtarı / Ahmet Ümit

Kitap editörü: **Kerem Oğuz Evrandır**
Düzelti: **Devrim Çakır**

Kapak tasarımı: **Davut Yücel**
Grafik uygulama: **Akgül Yıldız**

Baskı: Asya Basım Yayın Sanayi Tic. Ltd. Şti
15 Temmuz Mah. Gülbahar Cad. No: 62/B
Güneşli - Bağcılar / İstanbul
Tel: 0212 693 00 08
Sertifika No: 52508

1. baskı: Can Yayınları, 1999
YKY'de 1. baskı: İstanbul, Kasım 2019
9. baskı: İstanbul, Mart 2023
ISBN 978-975-08-4622-9

© Yapı Kredi Kültür Sanat Yayıncılık Ticaret ve Sanayi A.Ş., 2019
Sertifika No: 44719

Bütün yayın hakları saklıdır.
Kaynak gösterilerek tanıtım için yapılacak kısa alıntılar dışında
yayıncının yazılı izni olmaksızın hiçbir yolla çoğaltılamaz.

Yapı Kredi Kültür Sanat Yayıncılık Ticaret ve Sanayi A.Ş.
İstiklal Caddesi No: 161 Beyoğlu 34433 İstanbul
Telefon: (0 212) 252 47 00 Faks: (0 212) 293 07 23
https://www.ykykultur.com.tr
e-posta: **ykykultur@ykykultur.com.tr**
facebook.com/yapikrediyayinlari
twitter.com/YKYHaber
instagram.com/yapikrediyayinlari

Yapı Kredi Kültür Sanat Yayıncılık
PEN International Publishers Circle üyesidir.

İçindekiler

Agatha'nın Anahtarı • 7
Kitap Katili • 18
Kör Bican'ı Kim Vurdu? • 29
Savcıyı Öldürmek! • 39
Çalınan Ceset • 51
Arsadaki Bacak • 62
Sevgilim Tiner • 73
Altın Ayaklar • 84
Siyah Taşlı Yüzük • 95
Bir Ölünün Yolculuğu • 107
Davulcu Davut'u Kim Öldürdü? • 114
Ölü Bebekler Apartmanı • 122
Örgüt İşi • 129
Tarikat Cinayetleri • 136
Yasını Tutacağım • 143

Agatha'nın Anahtarı

Pera Palas'ın pastanesinde oturmuş İhsan'ı bekliyorum. Gözlerim pastanenin kartonpiyerlerle süslenmiş tavanlarında, eski avizelerinde, nakışlı aynalarında ürkek ürkek gezinirken, üniversiteden mezun olduğumuzdan beri İhsan'la görüşmediğimizi anımsıyorum. Telefondaki sesini bile güçlükle tanıdım. O beni gazetelerden izliyormuş, son romanımı da okumuş.
"Nereden çıktı bu polisiye sevdası?" diye sormuştu.
"Bilmem, çıktı işte" demiştim anlamsızca gülümseyerek.
"İyi olmuş. Ben de seni bunun için arıyorum."
Neden söz ettiğini anlamamıştım.
"Agatha Christie'nin Türkiye'ye gelip kaldığını bilirsin" diye açıklamıştı. "Pera Palas'ta kaldığı odada bulunan anahtar..."
"Söylenti" diye dudak bükmüştüm.
"Bende bu söylentilerin gerçekliğini kanıtlayacak bilgiler var, desem."
Başka biri olsa, "Dalga geçiyor" derdim ama İhsan insanın canını sıkacak kadar ciddi biriydi. Yine de inanmakta acele etmeyerek, "Ne o" demiştim, alaycı bir sesle, "Sen de mi polisiye yazmaya karar verdin?"
"İnanması güç ama söylediğim doğru. Yarın öğleden sonra Pera Palas'ın pastanesinde buluşalım. Olanları anlatayım sana."

"Tamam" diyerek önerisini kabul etmiştim. Arkadaşımı görmek hoşuma gidecekti.

Şimdi bu tarihi otelde İhsan'ı beklerken, söylediklerini düşünüyor ama hiçbir sonuca varamıyordum. Duvardaki antika saatin gonguyla düşüncelerim dağıldı. Aynı anda kapıdan girmekte olan İhsan'ın bana gülümsediğini gördüm. Kısa bir sohbetten sonra çaylarımızı yudumlarken, "Söyleyeceklerim şaka değil" dedi İhsan. "Sahiden de Agatha Christie'nin Türkiye'de geçirdiği günlere ilişkin bilgiler var elimde."

"Nasıl bilgiler?" diye sordum inanmamış gözlerle arkadaşımı süzerek.

"Günlük" dedi, kendinden emin bir tavırla, "Kâmuran Dayım'ın günlüğü."

"Kâmuran Dayın mı?"

"Hatırlarsın canım. Yazları takıldığımız Büyükada'daki köşkün sahibi."

"Hani, Robert Kolej'deki çapkınlıklarını anlatan dayın" diye mırıldandım. "Sporcuydu yanılmıyorsam."

"Eski milli yüzücü" diye açıkladı İhsan. "Aynı zamanda polisiye roman hastası..."

"Polisiye roman meraklısı olduğunu bilmiyordum" dedim. "Benim kitaplardan birini yollayayım o zaman."

"Yollayamazsın" dedi, buruk bir gülümsemeyle, "Geçen ay öldü."

"Başın sağ olsun, üzüldüm" dedim ama aklım günlüklerdeydi.

"Biz de çok üzüldük" dedi İhsan gözleri dalarak. "Onu çok severdim. Son yıllarda pek kendinde değildi. Neyse... Kâmuran Dayım'ın çocuğu yoktu. Malı mülkü bana kaldı. Geçenlerde adadaki köşke gittim. Ortalığı toplarken çalışma odasındaki çelik kasayı açtım. Kasadaki tapu gibi evrakların arasından beş kalın defter çıktı. Göz atınca, bunların İngilizce olarak kaleme alınmış günlükler olduğunu anladım. Şaşırmıştım, dayımın günlük tuttuğunu bilmiyordum. Çelik kasanın içinde bir de gizli bölme saptadım ama anahtarını hiçbir yerde bulamadım. Bir uzman getirip baktırdım, bu kasanın özel olarak yaptırıldığı, açmak için anahtarını bulmam gerektiğini söyledi. Ben de belki günlükte bununla ilgili bir şeyler vardır diye dayımın yazdıklarını okumaya başladım. Dayım, 1920'den beri ne yaptıysa hepsini yazmış."

Bir yandan İhsan'ın sözlerinin nereye varacağını merak ederken, bir yandan da Christie'nin hangi tarihte Türkiye'ye geldiğini düşünüyordum. Tam çıkaramıyordum ama 1920'lerin yarısından sonra olmalıydı, ilk kocası Archibald Christie'nin onu aldatmasından sonra, kimseye haber vermeden İngiltere'yi terk ederek İstanbul'a atmıştı kendini. Sanki düşündüğümden haberliymiş gibi, İhsan sözü 1920'lere getirdi:

"Günlükte bizi ilgilendiren konu, 1926 yılında başlıyor. Dayım o sıralar kendisinden on beş yaş büyük Mualla Hanım'la evliymiş. Babasının mali durumu bozulan dayım, para için yapmış bu evliliği. Ama hastalık derecesinde genç erkeklere düşkün olan Mualla Hanım, dayımla da yetinmek niyetinde değilmiş. Evliliklerinin ikinci yılında sonra kendine genç bir sevgili bulmuş. Dayım çektiği acıları, kıskançlıkları olduğu gibi aktarmış günlüğüne."

"Boşanmayı düşünmemiş mi?" diye soruyorum.

"Karısından kurtulmayı planlıyormuş ama bunun için boşanmaktan farklı bir yöntem varmış kafasında. İşte tam o günlerde karşılaşmışlar Agatha Christie'yle. O yıl Cumhuriyet balosu için Pera Palas'a geldiklerinde, asansöre binmekte olan Agatha Christie'yi gören dayım gözlerine inanamamış, yaklaşmış yanına:

'Siz Agatha Christie değil misiniz?' diye sormuş.

Ünlü yazar kaçamak yanıtlar vererek kurtulmak istemiş ama bizimki bırakmamış peşini. Bir hayranı olduğunu, o güne kadar yazdığı bütün romanları okuduğunu söylemiş İngiltere'de daha o yıl basılan *Roger Ackroyd Cinayeti*'ni bile okuduğunu söyleyince Agatha yumuşamış. Bundan cesaret alan dayım, onu Büyükada'daki köşke davet etmiş. Ağırbaşlı bir mizacı olan Agatha Christie, üstelik o sıralar yüreğinde ihanet yarası da taşırken, bu yakışıklı Türk'ün iltifatlarına pek aldırmamış. Ama dayım yılmamış. Her gün çiçek yollamış, telefon etmiş; sonunda kadıncağız pes ettiğinden midir, yoksa tek başına yaşamaktan sıkıldığından mıdır bilinmez, daveti kabul etmiş. Ama kalabalıklardan hoşlanmadığı için, davette fazla insan olmamasını tercih ettiğini kibarca belirtmiş. Dayımın canına minnet, elinden gelse karısını da atlatıp Agatha'yla baş başa kalmaya çalışacak. Ama Mualla Hanım, dayımla aynı görüşte değilmiş; bu İngiliz yazarın evlerine geldiğini herkesin bilmesini istiyormuş. Dayımın itirazlarına aldırmadan, sosyetenin önemli kişilerini de çağırmış davete.

Davet günü Agatha'nın etrafını saran hayran kitlesinden fırsat bulup bir türlü konuşamamış dayım onunla. Ama yazarımız geceyarısından önce izin isteyip kalkınca aradığı fırsatı yakalamış. Kadının itirazlarına aldırmadan oteline kadar refakat etmiş. Vapurda evlilik üzerine konuşurken bulmuşlar kendilerini. Agatha özel yaşamından hiç söz etmemesine karşın dayım onun ilişkisinin de iyi olmadığını sezinlemiş. Belki açılır diye, kendi evliliğinin yürümediğini anlatmış. Yazar da, özür dileyerek, bunun dışarıdan da görüldüğünü söylemiş.

'Yakında ondan kurtulacağım' diye mırıldanmış dayım, gizleyemediği bir kinle.

'Boşanacak mısınız?' diye sormuş yazar.

'Bir söyleşinizi okumuştum' diyerek konuyu değiştirmeye çalışmış dayım. 'Kusursuz cinayet yoktur, diyordunuz.'

Agatha gülümseyerek açıklamış:

'Evet, öyle düşünüyorum. Tasarlanmış cinayet iyi bir organizasyonu gerektirir. Zamanın, mekânın, cinayet aletinin doğru seçilmesi, ortalıkta kanıt bırakılmaması ya da sahte kanıtların bırakılması gibi zekâ gerektiren davranışların yanında, birini öldürebilecek kadar soğukkanlı bir cesarete veya vahşiliğe sahip olmalıdır insan. Konuşurken, yazarken basit olgularmış gibi görünen bu gereklilikler cinayet anında yerine getirilmesi oldukça zor eylemler haline gelebilir. Hele bir de cinayet anında sürprizlerin ortaya çıktığını düşünürsek... Evet evet, bundan eminim, bence kusursuz cinayet yoktur.'

Agatha'nın ilk kez böyle coşkuyla konuştuğunu fark eden dayım, belki de yazarla yakaladığı bu yakınlığı yitirmemek için, 'Bu konuda size katılmıyorum' demiş. 'Kişi yeterince soğukkanlı, cesur, akıllıysa, işlediği cinayet de vicdanında yara açmayacak kadar haklı bir nedene dayanıyorsa kusursuz bir cinayet işlenebilir.'

'Çok zor' demiş Agatha, 'Ben böyle bir cinayet duymadım.'

'Duymamış olabilirsiniz ama eminim örnekleri vardır' diye diretmiş dayım.

'Yine de denemenizi önermem' demiş Agatha. 'Bence boşanmak cinayetten daha kolay bir yoldur.'

Yalnızca bir saat kadar baş başa konuşmuş olmalarına karşın, bu kısa birliktelik bile dayımın zaten ilgi duyduğu yazara sırılsıklam âşık olmasına yetmiş. Ne yazık ki Agatha aynı duyguları taşımıyormuş. Dayımın ertesi gün Boğaz'da gezi teklifini nazik ama soğuk bir tavırla reddetmiş.

'Yaşamımın en mutsuz günlerinden biriydi' diye yazmış dayım günlüğüne. Agatha'nın davetini reddetmesinden sonra bir de Mualla Hanım'la kavga etmiş. Öfkeyle çıkmış evden. Heybeliada'da oturan çocukluk arkadaşı Rauf'un yanına gitmiş. Todori'nin meyhanesinde küfelik olana kadar içmişler. O gece Rauf'un yalısında kalmış. Ertesi sabah uyandığında büyük bir sürpriz bekliyormuş onu. Köşkten gelen telefon, karısının bahçede ölü bulunduğunu bildiriyormuş.

Bulduğu ilk tekneyle Büyükada'ya gitmiş. Köşkün kapısında polisler karşılamış onu. Hemen sorguya almışlar. Dayım itiraz edecek olmuş, polisler yan komşu İshak'ın dün gece bahçede birini gördüğünü söylemişler. 'Karın seni aldatıyormuş, daha bir gün önce kavga etmişsiniz' gibi sözlerle sıkıştırmaya başlamışlar.

Dayım o gece Rauf'la birlikte olduğunu söyleyerek kendini sıyırmaya çalışırken, hükümet tabibi, Mualla Hanım'ın ölüm nedeninin şoka bağlı kalp krizi olduğunu açıklamış. Böylece soruşturma durdurulmuş. O gün, Mualla Hanım'ın servetinin tek vârisi olarak, karısına karşı son görevlerini yerine getirirken Agatha Christie'yi aramayı da unutmamış."

Sözün burasında İhsan'ın ara vererek, anlamlı gözlerle bana baktığını fark ettim. Sanki dayısının yıllar önceki bu tuhaf davranışına benim bir açıklama getirmemi bekliyordu.

"'Belki Agatha cenazeye gelir de onu bir daha görürüm' şeklinde düşünmüş olabilir" diye aklıma ilk gelen olasılığı söyledim.

"Dayım da böyle yazmış günlüğe" dedi İhsan. "'Bu tür yıldırım aşklarında insan deliye dönüyor. Hele bir de reddedilince, her fırsatı kullanarak –bu karısının ölümü bile olsa– sevgilisine ulaşmaya çalışıyor. Ne yazık ki ben de bu alçaklığı yaptım' diyor dayım."

"Peki, Agatha Christie nasıl karşılamış bunu?" diye soruyorum merakla.

"Üzüldüğünü belirtmiş, her zamanki gibi mesafeli bir tavırla. Ama cenaze kalktıktan bir gün sonra köşkü aramış, taziyeye gelmek istediğini söylemiş. Hâlâ mesafeli tavrını sürdürmeye çalışıyormuş ama sesindeki heyecan, onulmaz bir merak duygusuyla kıvrandığını ele veriyormuş. Zaten ertesi gün de damlamış köşke. İlk gelişindeki gibi onu iskelede karşılamış dayım. Karısının ölümünün üzerinden henüz birkaç gün geçmiş olmasına karşın, işi gücü bırakıp onunla ilgilenmiş. Agatha ise ustaca sorularla olayı deşmeye çalışmış. Polislere ne söylediyse, ona da aynı şeyleri aktarmış dayım. Aldığı yanıtlar, kadının bakışlarındaki kuşku bulutlarını dağıtmamış. Beni asıl hayrete düşüren dayımın tavrı" diyerek yine gözlerini yüzüme dikti İhsan:

"İnanabiliyor musun, seni karını öldürmekle suçluyorlar; buna kızmıyor, hatta tuhaftır, sanki bu cinayeti işlediğini ima etmeye çalışıyorsun."

"Nasıl yani, dayın karısını öldürdüğünü mü söylemiş Agatha'ya?"
"Söylememiş ama sanki hissettirmiş."
Kafamda bir ışığın yanıp söndüğünü hissediyorum. "Kusursuz cinayet" diye mırıldanıyorum.
"İşte Agatha da bundan kuşkulanmış. O geceki tartışmadan sonra dayımın hem sevmediği karısından kurtulmak, hem de kusursuz cinayet işlenebileceğini kanıtlamak için Mualla Hanım'ı öldürdüğünü düşünmüş. Hatta kendi başına Heybeliada'ya giderek soruşturma yürütmeye bile başlamış. Dayımın o gece evinde kaldığı Rauf'la, komşu İshak'la konuşmuş. İlginçtir, bu arada dayım ile kadın yazar arasındaki arkadaşlık ilerlemiş. Ve sıkı dur, Agatha otelden ayrılıp bir süre köşkte yaşamış. O tarihlerde günlüğün sayfaları boş! Anlaşılan dayım Agatha'yla o kadar meşgulmüş ki çok sevdiği günlüğünü bile ihmal etmiş. Yeniden yazmaya başladığında, Agatha'nın İngiltere'ye döndüğünü anlıyoruz."

"İster misin gerçekten de Mualla Hanım'ı dayın öldürmüş olsun" diye kesiyorum İhsan'ın sözünü. "Agatha da zekâsını kullanıp olayı kanıtlamış ama dayını sevmeye başladığı için bu gerçeği saklamış..."

"Önce ben de böyle düşündüm" dedi İhsan, sözümü bitirmeme izin vermeyerek. "Ama vazgeçtim. Çünkü Agatha daha sonraki yıllarda Türkiye'ye gelmeyi sürdürmüş. Gelince de mutlaka dayıma uğruyormuş. Dayım günlüğünde yazarın, karısının ölümüyle ilgili yeni sorular sorduğunu yazıyor. Bu da gösteriyor ki Agatha'nın kuşkusu sürüyor."

"Haklısın" dedim, dalgın bir ifadeyle. "Peki, ne zamana kadar sürmüş bu İstanbul ziyaretleri?"

"Sir Max Mallowan'la evleninceye kadar" diye açıkladı İhsan. "Dayım, bunu öğrendiğinde çok üzülmüş."

"Günlükte, Agatha'yla ilişkilerinden bahsetmiyor mu dayın?"

"Aslında o da ilginç. Agatha'nın ilk geldiği yıl, olanları tüm içtenliğiyle kaleme döken dayım, daha sonra bu konuda

inanılmaz bir ketumluk gösteriyor. Sadece birlikte yemek yedikleri, gezdikleri yerleri yazıyor. Bir de şu kusursuz cinayet konusunda sohbet ettiklerini belirtiyor. Ne kendi duygularından, ne de Agatha'nınkilerden bahsediyor."
"Peki evlendikten sonra bir daha İstanbul'a gelmemiş mi Agatha?"
"Bir yıl sonra yine gelmiş. Sanırım bir veda ziyareti. Köşkte vedalaşmışlar. Vedalaşırken Agatha'ya bir anahtar verdiğini yazmış dayım. Cinayet tartışmalarını sona erdirecek açıklamanın anahtarın açacağı gizli bölmedeki mektupta yazılı olduğunu söylemiş. Ama kendisi ölmeden o mektubu açmayacağına dair yazardan söz almış."

Parçalar bir anda bütünleniyor, heyecanıma engel olamadan soruyorum:

"Ne yani, Agatha'nın kaldığı odada bulunan şu anahtar gerçek miymiş?"

"Seninle görüşme nedenim de bu" diyor İhsan. "Eğer otelde böyle bir anahtar varsa, bu dayımın verdiği anahtar olabilir. Anahtarı alıp mektubu okuyabiliriz."

"Tamam da" diyorum, şaşkınlıkla İhsan'ın yüzüne bakarak, "Bunu ben olmadan da yapabilirdin, neden beni çağırdın?"

İhsan'ın dudaklarını mahcup bir gülümseme süslüyor: "Aslına bakarsan, otel yöneticileriyle görüştüm" diyor. "Anahtarı vermekten yana değiller. Ben de bunun üzerine onlara senden bahsettim. Zaten tanıyorlarmış. İlk kitabının basın toplantısı bu otelde, Agatha Christie Salonu'nda yapılmış. Senin de işin içinde olduğunu, otellerinde geçen, anahtar olayından da bahsedebileceğin bir öykü yazabileceğini söyledim. Bunun üzerine tavırları değişti."

Bunları anlatırken yüzümü inceliyor. Sesimi çıkarmadığımı görünce özür dilercesine kırık dökük bir sesle devam ediyor:

"Biliyorum, önce sana sormam lazımdı. Ama adamlar, vermeyiz, deyince..."

"İyi yapmışsın" diyorum dostça eline vurarak. "Bana bunları anlattığın için ayrıca teşekkür de borçluyum sana. Hadi gidip konuşalım şu adamlarla."

Otel müdürü sıcak bir tavırla karşılıyor bizi. Durumu yeniden anlatıyoruz. Sorular soruyor, İhsan ayrıntılarıyla yanıtlıyor. Ben de eğer olay düşündüğümüz gibiyse otelleri için iyi bir tanıtım olacağını anlatıyorum. Adam uzatmıyor, anahtarı en geç yarın sabah getirmek koşuluyla bize veriyor.

Otelden çıkar çıkmaz Kabataş'a iniyoruz, oradan deniz otobüsüyle doğru Büyükada'ya. Kâmuran Bey'in köşkü adanın en eski ahşap yapılarından. Yüzyıllık kestane ağaçlarının, manolyaların serinlettiği geniş bahçeden geçip ikinci kattaki çalışma odasına çıkıyoruz. İhsan giderek artan bir telaşla açıyor kasayı. Küçük kasanın içi, rengi sararmış evraklarla dolu. Titreyen ellerle evrakları yana çekip gizli bölmenin kapağını ortaya çıkarırken, ben soluğumu tutarak izliyorum onu. Arkadaşım elleri titreyerek, otelden aldığımız anahtarı gizli bölenin kilidine uydurmaya çalışıyor. İlk deneme başarısız olunca ümitsizliğe kapılıyorum ama o yılmıyor, yeniden deniyor. Bu defa anahtar kilide oturuyor. Çevirmeden, yüzüme bakarak gülümsüyor. Sonra çeviriyor, ardı ardına iki kez dönüyor anahtar kilidin içinde.

"Açıyor" diye bağırıyorum kendimi tutamayarak, "Demek Agatha'nın anahtarı doğruymuş."

İhsan gizli bölmeyi dışarı çekiyor. Çelik çekmecenin içinde elli yılı aşkın süredir hapsolan zarf, sanki gerçek kurtarıcılarını bulmuş gibi yüzümüze bakarak açılmayı bekliyor. Onu daha fazla bekletmeyi göze alamayacak kadar heyecanlıyız. İhsan zarfı eline alıyor. Laciverdi solmuş bir mürekkeple, "Mrs. Agatha Christie" yazıyor zarfın üzerinde. Bir an göz göze geliyoruz, sonra aceleyle açıyor İhsan mektubu:

Sevgili Agatha,
Sen bu mektubu okurken ben ölmüş olacağım. Umarım yaptıklarım için beni bağışlarsın. Başından beri sen hak-

lıydın. "Kusursuz cinayet" diye bir şey yoktur. Evet, senin de saptadığın gibi o gece Mualla'yı öldürmek niyetindeydim. Heybeliada'ya gitmem, alkole dayanamayan Rauf'la herkesin gözü önünde içip sarhoş numarası yapmam bu planın birer parçasıydı. Yolda sızan Rauf'u yalıya götürür götürmez yatağına yatırdım. Hizmetçilere görünmeden, evin önündeki kumsaldan sessizce denize girdim. Yüzerek Büyükada'ya çıktım. O sabah gizlediğim giysilerimi, karımı öldüreceğim bıçağı alıp köşkün yolunu tuttum. Köşke vardığımda herkes uyuyordu. Evden ayrılmadan önce açık bıraktığım alt kattaki çalışma odamın penceresinden içeriye süzüldüm. Karımın yatak odasına çıktım. Ama senin bahsettiğin türden kötü bir sürpriz bekliyordu beni: Karım yatağında yoktu. Benim evde olmamamı fırsat bilip sevgililerinden birine gitmişti anlaşılan. "Umarım İstanbul'a inmemiştir" diye düşünerek, bahçede kuytu bir köşeye sinerek beklemeye başladım. Geceyarısına doğru bahçenin kapısı gıcırdayarak açıldı. Nefesimi tutarak kapıya baktım; şükür Tanrı'ya, gelen karımdı. Kendinden emin adımlarla taş yolda yürüyordu. Bıçağı sağ elimde sımsıkı tutarak sessizce ona yaklaştım. Bıçağı tam kalbine saplamayı tasarlıyordum. Böylece ilk darbede ölecek, ben de dikkat çekmeden oradan kaçacaktım. Karımla aramızda iki adım mesafe kalmıştı ki karşısına çıktım, bir an göz göze geldik. Onu öldürmenin tam zamanıydı ama ne olduysa oldu, bıçağı indiremedim. Olanları anlayamayan karım bir adım geriledi, sonra elimdeki bıçağı görünce, "Aman Allahım!" diyerek olduğu yere yığıldı. Korkuyla eve baktım. Hayır, kimse bizi görmemişti. Karım beni teşhis etmiş olabilirdi, onu mutlaka öldürmem gerekiyordu. Yere çömeldim. Mualla upuzun yatıyordu. Bıçağı kaldırdım, kalbinin üzerine indireceğim ama yapamıyorum. Gözlerimi kapıyorum, açıyorum, konumumu değiştiriyorum, hayır, yapamıyorum. Sonunda karımı öldüremeyeceğimi anladım. Aklıma başka bir fikir geldi. Karımı uyandıracak, onu hırsız sandığımı söyleyecektim.

AGATHA'NIN ANAHTARI

Bu düşünceyle usulca sarstım. Ama karım uyanmadı. Elini tutup kaldırmaya çalıştım, bırakınca olduğu gibi yere düştü. Yine çok içmiş diye söylenerek onu sarsmayı sürdürdüm; boşa çaba, Mualla kıpırdamıyordu. Neredeyse köşkteki hizmetçilerden yardım isteyecektim ki, bakışlarım Mualla'nın şok içinde donup kalmış gözlerine takıldı. Soluğumu tutarak yaklaştım. Elimi gözünün önünde gezdirdim, kıpırtı yok. Korkuyla sağ bileğini elime alıp nabzına baktım; atmıyordu. Emin olamadım, boynundaki damarı da yokladım. Hayır, o da atmıyordu. Panik içinde olduğum yerde donakaldım. Sonra sakinleştim, düşündükçe bunun bana Allah'ın bir lütfu olduğunu anladım. Sessizce doğruldum, kanıt bırakmadığımdan emin olmak için etrafıma bakındıktan sonra hızla bahçeden çıktım.

Karım ölmüştü, ölümüne ben neden olmuştum ama bu ustaca tasarlanmış bir cinayetten çok, beceriksiz bir katilin şansı sonucu gerçekleşmişti. Senin konuyla ilgilendiğini sezer sezmez aklıma bu olayı kullanmak geldi. Belki böylece dikkatini üzerime çekebilir, aşkıma karşılık vermeni sağlayabilirdim. Bu yüzden İstanbul'a geldiğin yedi yıl boyunca, kusursuz bir cinayet işlemişim duygusunu vermeye çalıştım sana. Bunun işe yaramadığını da söyleyemezsin. Ama ben adam öldürecek cesarete ya da vahşiliğe sahip değilim. Zekâsını yalnızca sevdiği kadını kendine bağlamak için kullanabilecek, iflah olmaz bir âşığım sadece.

Yaptıklarım için senden özür diliyorum. Umarım bu yeteneksiz katili, yalancı âşığı bağışlarsın.

Kâmuran Aknil

Kitap Katili

Başkomser Nevzat ile yardımcısı Ali gözlerini dikmiş, pür dikkat beni izliyorlar. Sigara dumanına boğulmuş bu küçük odaya girdiğimizden beri üçüncü kez uyarıyor Başkomser Nevzat:

"Cumartesi saat 17.30 ile 19.00 arasında nerede olduğunuzu söylemezseniz, sizi gözaltına almak zorunda kalırız."

"Anlamıyorum" diyorum şaşkınlıkla, "O eleştirmeni neden öldüreyim ki?"

"Son romanınızı yerin dibine batırmış" diyerek lafa karışıyor Ali. Şık giysileri, ukala davranışlarıyla polisten çok, genç bir broker'i andırıyor.

"Bunun için adam öldürülür mü?"

"Ne diyorsun sen?" diyor, "Adam yan baktı diye cinayet işleyenler var bu memlekette."

"Ben onlardan değilim."

"Bundan emin olamayız" diyor Nevzat.

"Üstelik bize yalan söylemişken" diyerek taşı gediğine koyuyor Ali. "Güya cumartesi günü Eskişehir'de imza gününde olacakmışsınız."

"Ben size yalan söylemedim... İmza işi son anda iptal oldu."

"Bize değil ama karınıza söylediniz" diyor Ali, karınız sözcüğünün üstüne basa basa. "Karısına yalan söylemekten çekinmeyen biri kim bilir bize ne masallar anlatır."

Durum sandığımdan ciddi görünüyor. Galiba gerçeği anlatmaktan başka çarem yok:

"Bakın" diyorum alttan alarak, "Sizin de başınıza gelmiştir... Evlilik zamanla monotonlaşıyor, insan heyecan arıyor."

Lafın nereye varacağını anlayan Ali kıkırdarken, Başkomser'in kaşları çatılıyor:

"Lütfen daha açık konuşur musunuz?" diyor.

"Peki" diyerek açıklıyorum. "Cumartesi günü bir bayan arkadaşımla birlikteydim. Kaktüs Kafe'de buluştuk, Beyoğlu'nda. Öğleden sonra saat beş buçuk sularında."

Ben anlatırken Ali de önündeki küçük deftere notlar almaya başlıyor.

"Kafede söylediklerini doğrulayacak kimse var mı?"

"Barmen İhsan beni tanır" diyorum. "Ona sorabilirsiniz."

"Peki sonra ne yaptınız?"

"Ortaköy'e indik, bir restoranda yemek yedik, oradan da kızın evine gittik" diyorum.

"Kız kimdi?"

"Adı Nermin, genç bir şair."

"Telefonu var mı?"

Numarayı ezberden söylüyorum. Nevzat, rakamları kaydeden yardımcısına dönüyor:

"Hadi şu Kaktüs Kafe'deki garson ile kızı bir ara."

"Baş üstüne Amirim" diyerek kalkıyor Ali.

Yardımcısı çıkmadan, Başkomser yeni bir direktif daha veriyor:

"Çocuklara da sor, kapıcıyı getirmişler mi? Yayınevinin sahibiyle yüzleştireceğiz."

Bir de yayınevi sahibi var! Kim acaba? Yoksa benim yayıncı mı? Ama bu çok saçma!

"Şu yayıncı" diyorum, Ali odadan çıktıktan sonra, "Aytuğ Gökçe mi?"

Nevzat biraz şaşırıyor ama soğukkanlılığını yitirmeden yüzüme bakıyor:

"Nereden biliyorsunuz?"

"Kitabımı eleştirdi diye beni Süleyman Sami'nin katili yaptığınıza göre, yayıncımı haydi haydi suçlu sayarsınız. Aytuğ Abi'yi sorguladınız mı?"

Sorumu yanıtlamak yerine, masanın üzerindeki 2000 paketine uzanıyor. Bir sigara çıkarıp dudaklarına götürecekken gözleri bana takılıyor:

"İçer misiniz?" diyerek uzatıyor. Alıyorum, sigaralarımız bitene kadar pek konuşmuyoruz. Aslında konuyu açmak için bir iki denemede bulunuyorum ama Başkomser ketum davranıyor. Bu ketumluk, Ali'nin gelip anlattıklarımın garson ve Nermin tarafından doğrulandığını açıklamasına kadar sürüyor. Bu konuşmadan sonra Başkomser yumuşuyor. Köşeli suratındaki sert çizgiler gevşiyor, bakışlarına babacan bir ifade gelip oturuyor.

"Aytuğ Gökçe'yi iyi tanır mısınız?" diye soruyor.

"Tanırım. Onun suçlu olduğunu mu düşünüyorsunuz?"

"Süleyman Sami'nin eleştirdiği son üç kitap onun yayınevinden çıkmış."

Gülmeye başlıyorum.

"Çok mu komik?" diyor Nevzat.

"Komik" diyorum, "Rahmetlinin yerdiği kitaplar, övdüklerinden daha çok satardı."

İki polis şaşkınlıkla birbirlerini süzüyor. Önce Nevzat topluyor kendini:

"Ama" diyor, "Yayıncınız cumartesi maktulün evinde tashihçi Salih tarafından görülmüş."

"Ne işi varmış onun eleştirmenin evinde?" diyorum şaşkınlıkla.

"Süleyman Sami'nin yeni kitabının düzeltmelerini getirmiş. O evdeyken Aytuğ Bey gelmiş. Salih onları baş başa bırakıp çıkmış."

"Bunda yadırganacak bir şey yok, iyi arkadaşlardı. Hem Salih Bey'in düzeltmelerini yaptığı kitap da bizim yayınevinden çıkacaktı."

Bir süre odada kimse konuşmuyor. Sessizliği Başkomser bozuyor yine:

"Peki Yakup Kıraç'ı tanır mısın?"

"Arkadaşımdır" diyorum. "Türkiye'nin en iyi öykücülerinden biridir."

"Bu sizin iyi öykücü kaç gündür ortalıkta yok."

"Delidoludur Yakup" diyorum arkadaşımı savunmak için. "Canı isteyince kimseye haber vermeden çeker gider."

"Üç gün önce bir panelde Süleyman Sami'yle birbirlerine girmişler."

"Duydum, tatsız bir olay. Ama Yakup Kıraç kimseyi öldüremez."

"Onu bulunca anlayacağız" diyor Nevzat başını sallayarak.

"Süleyman Sami yazarların arasında pek sevilmezmiş" diyerek, bu defa Ali başlıyor sorguya. "Sen de kızar mıydın ona?"

"Önceleri çok kızardım ama sonra yaptığı eleştirinin çoğu zaman haksız, öfke kaynaklı olduğunu anladım. Kendini bitiriyordu zavallı."

"Ama birileri senin gibi düşünmüyor olacak ki, defterini dürmüşler herifin" diyor Ali.

"Neden katilin edebiyatçı olduğunu düşünüyorsunuz? Başka biri, bir hırsız olamaz mı?"

"Evden hiçbir şey çalınmamış. Bir de cinayetten sonra katil, önemli edebiyat dergilerini arayarak eleştirmeni öldürdüğünü haber vermiş. Kendisini bir edebiyat tutkunu olarak tanıtıp Süleyman Sami'yi de kitap katili, bir edebiyat bezirgânı diye tanımlamış. Cinayetin gerekçesi olarak da Süleyman Sami'nin edebiyata zarar vermesini göstermiş."

"İlginç" diyorum, "Belki de katil, fanatik bir okurdur. Süleyman Sami, hayran olduğu yazarı eleştirince o da bu cinayeti işlemiştir."

"Haklı olabilirdin ama katili eve Süleyman Sami almış. İnsanlarla arası pek de iyi olmayan eleştirmenin öyle her okuru eve alacağını sanmıyoruz. Katil, eleştirmenin tanıdığı biri olmalı. Cinayet bıçak ya da hançer gibi delici bir aletle işlenmiş. Bunun eleştirmene yirmi beşinci sanat yılında armağan edilen gümüş mektup açacağı olduğunu sanıyoruz. Her zaman masanın üzerinde duran mektup açacağını bulamadık, kanıtı yok etmek isteyen katil almış olmalı."

"Bu telefonlar" diyorum dalgın bir ifadeyle, "Hedef şaşırtmak için olamaz mı? Belki katil, cinayeti edebiyatçıların üzerine yıkmak için bu yolu seçmiştir."

"Olabilir ama bu yönde hiçbir kanıt yok elimizde" diyor Nevzat. Sonra kartını uzatarak ekliyor:

"Sizden ricam, bir şey öğrenir ya da duyarsanız bize haber vermeniz."

"Merak etmeyin" diyorum kalkarken, "Bir şey öğrenirsem haber veririm."

Eve gelip karımın sorularını usturuplu yanıtlarla geçiştirdikten sonra çalışma odama kapanıp Süleyman Sami'yi kimin öldürmüş olabileceğini düşünmeye başlıyorum. Katilin yazar olması bana zayıf bir olasılıkmış gibi geliyor. Yazarların çoğu, ister farkında olsunlar ister olmasınlar, ölümsüzlük peşindedirler. Ama bu ölümsüzlüğü işlediği cinayetlerle değil, yazdıklarıyla sağlamaya çalışırlar. Bu nedenle, eğer çok aptal biri değilse, hiçbir yazarın ölümsüzlük düşünü bir eleştirmeni öldürmeye feda edeceğini sanmıyorum. Peki, o zaman kim olabilir bu katil? "Akrabaları" desem, adam zengin değil ki öldüğünde yüklü bir miras bıraksın. "Kadın, aşk" desem, Süleyman Sami, andropoz sınırını geçeli yıllar oluyor. "Politik bir cinayet" desem, bütün o solcu söylemine karşın, etliye sütlüye karışmama konusunda nasıl büyük bir beceriye sahip olduğunu herkes bilir. O halde kim, niçin öldürdü bu adamı? Sanki sorumun yanıtıymış gibi peş peşe çalmaya başlıyor telefon.

"Alo buyrun?"

"Alo" diyor neşeli bir ses. "Ben Yakup."

"Yakup... Oğlum nerdesin? Polis seni sorup duruyor."

"Eve gelmişler, duydum. Süleyman Sami yüzünden. Ulan ne cenabet herifmiş. Ölüsü bile rahat bırakmıyor bizi."

"Öyle konuşma, ne de olsa edebiyata katkıda bulunmuş bir adam."

"O herif mi? Güldürme adamı... Sen de bir tuhafsın! Herif, hakkında yazmadığını bırakmadı. Neredeyse adamı savunacaksın bana."

"Olan olmuş" diyorum. "Öldü gitti, arkasından konuşmayalım şimdi."

"Niye konuşmayalım? Ölmüş olması onu aklamaz."

"Belki sana kötülüğü dokundu ama" diyecek oluyorum.

"Bana kötülüğü dokunması önemli değil" diyerek patlıyor. "Asıl kötülüğü edebiyata dokundu. Onu pohpohlayanların yapıtlarını göklere çıkarır, kendisine boyun eğmeyenleri yerin dibine sokmaya çalışırdı. Böyle eleştirmenlerin olduğu bir ülkede edebiyat gelişir mi? O bir bezirgândı... Kitap katiliydi."

"O sözleri nereden duydun?" diye soruyorum kuşkuyla.

"Hangi sözleri?" diyor afallayarak.

"O bir bezirgândı, kitap katiliydi, sözlerini."

"Hatırlamıyorum... Gazetede okumuşumdur herhalde."

Kafam karışıyor, Yakup eleştirmeni öldürmüş olabilir mi? Dayanamayıp soruyorum:

"Neredesin, söyle de gelip alayım."

"Boş ver... İstanbul dışında bir yerdeyim işte."

"Ne zaman ayrıldın İstanbul'dan?"

"Cumartesi gecesi."

Cinayetten sonra diye geçiriyorum aklımdan.

"Orada burada dolaşıp durma" diyorum uyaran bir ses tonuyla. "Yakalayacaklar, başın belaya girecek. Kalk gel, polise teslim ol."

"Gelemem. Burada keyfim yerinde. O herif öldü diye rahatımı bozacak halim yok."

"Anlamıyorsun" diyecek oluyorum.

"Anlıyorum, anlıyorum... Bu kadar muhabbet yeter. Hadi eyvallah" diyerek kapatıyor.

O sırada kapı açılıyor, karım içeri giriyor.

"Söylemeyi unuttum" diyor, elindeki dosyayı bana uzatırken, "Tashihçi Salih Bey uğradı. Şu müsveddeleri bıraktı. Düzeltmeleri yapmış, üç sayfalık da bir ek yazmış."

Aklım hâlâ Yakup'ta, bir an karımın neden bahsettiğini anlayamıyorum. Bana uzattığı dosyayı alırken algılıyorum her şeyi. Eski romanımın ikinci baskısı için hazırlık yapıyoruz. Dosyayı açıp içindekileri çıkarıyorum. Sayfalarda kırmızı kalemle işaretlenmiş harfler, cümleler görüyorum. Bunlar iyi güzel de romanın soruna eklenen "Eleştiri ve Öneriler" başlığı altındaki şu üç sayfa da ne oluyor?

Karım odadan çıkmadan önce, Salih Bey'in bir de ricası olduğunu, düzeltmeleri yaptıktan sonra evine yollamamızı istediğini söylüyor. Tuhaf, hiç böyle istekleri olmazdı, yayınevinden alırdı müsveddeleri.

Karım çıkınca Yakup'un katil olup olamayacağını düşünüyorum bir süre daha. Polisi arasam, hayır, bunu Yakup'a yapamam. En iyisi, az önceki telefon konuşmasını unutmak. Salih Bey'in düzeltmelerine dönüyorum. Önce, ne yazmış şu adam diye merak ederek, "Eleştiri ve Öneriler"i okumaya başlıyorum. Tipleri daha iyi çizmem için birkaç öneride bulunuyor ki hiç de haksız sayılmaz. Kurguyla ilgili de notlar düşmüş. Üzerinde düşünülmeye değer. Ama beni asıl çarpan, notlarının sonuna eklediği, iyi romanın belirsizliğin bilgeliği üzerinde yükseldiğini anlatan paragraf. Bu paragraf, roman tarihinin özeti gibi, öyle derin, öyle anlam yüklü ki, insanı çok güzel bir şiirin karşısındaymış gibi heyecanlandırıyor. "Bir yerden çalmış olmalı" diye düşünüyorum. Bu varsayımım bile şaşkınlığımı, yazıya duyduğum hayranlığımı azaltmıyor. Onunla konuşmak istiyorum. Ve Salih Bey'in evine müsveddeleri kendim götürmeye karar veriyorum.

Ertesi gün Yakup Bodrum'da yakalanıyor. Apar topar İstanbul'a getiriliyor. Yakup cinayet saatinde evde yalnız olduğunu söylüyor ama inanmıyorlar ona. Evini arıyorlar, neyse ki mektup açacağını bulamıyorlar. Ama sorgusu sürüyor.

Süleyman Sami'nin toprağa verileceği gün, ben de Salih'in evine gidiyorum. Kurtuluş'ta, eski bir apartmanda oturuyor. Beni görünce yüzü allak bullak oluyor. Ama sonra toparlıyor:

"Müsveddeleri getirdiniz herhalde" diyor, kendinden emin bir tavırla. "Ben de sizi bekliyordum, buyrun."

"Bu adama ne olmuş böyle?" diye düşünmekten kendimi alamıyorum. Duvarları kütüphaneye dönüştürülmüş genişçe odanın ortasında, ahşap masanın önünde duran eski koltuklardan birini işaret ederek, "Buyrun" diyor masaya otururken. "Notlarımı okuma fırsatı buldunuz mu?"

"Evet, okudum" diyorum, onun otoritesini nasıl kabul ettiğime kendim de şaşarak. Bu sahneyi daha öncede yaşadığımı anımsıyorum, ilk romanım çıkmazdan önce Süleyman Sami'ye gitmiştim. Tıpkı Salih Bey gibi üstenci bir tavırla konuşmuştu benimle.

"Bu romanı çıkarmakta acele etmişsin" diyor sözünü sakınmadan. "Eksikleri var."

"Ama" diye savunmaya geçecek oluyorum.

"Aması maması yok, siz gençler hep böyle yapıyorsunuz" diyor. "Kitabınız çıksın da nasıl çıkarsa çıksın. Ün, şan peşinde koşuyorsunuz..."

"Adam düpedüz hakaret ediyor bana. Süleyman Sami'yi de geçti" diye düşünüyorum. Ama asıl yanlışı yapan o, artık ben toy bir yazar değilim.

"Kendinize gelin Salih Bey" diye bağırıyorum. "Siz ne biçim konuşuyorsunuz?"

Adam afallıyor, gözbebeklerindeki sert parıltılar yumuşuyor, bir av köpeğinin ölgün bakışlarına dönüşüyor. Artık karşımda, bildiğimiz o yorgun, ezik Salih Bey var.

"Bakın" diyorum, biraz sesimi alçaltarak, "Siz çok iyi bir tashihçisiniz. Ama bu, bana hakaret etme hakkını vermez size."

Orta yaşlı adam koltuğa çekilip iyice küçülüyor. Ona acımaya başlıyorum. Zavallı ağır ağır deliriyor olmalı.

"Ayrıca" diyerek gönlünü almaya çalışıyorum, "Yazdığınız notları da çok iyi bulduğumu belirtmeliyim. Hele o son paragraf... Saptamalarınız için sizi tebrik etmek gerekir."

"O yazıyı ben yazmadım" diyor utangaç bir tavırla.
"Kim yazdı?"
Gözleri korkuyla odanın giriş kapısına çevriliyor, birinin duymasından çekinirmiş gibi, "Salih Sami" diye fısıldıyor.
Salih Sami de kim? Karşımdaki adamın soyadı Barem. Salih Sami nereden çıktı?
"Süleyman Sami mi demek istiyorsunuz?" diyorum.
"Hayır, o öldü. Artık Salih Sami var" diye açıklıyor. Ürkek gözleri hâlâ odanın kapısında. Ben de kapıya dönüyorum.
"Onu tanımıyorum" diyorum adamın nereye baktığını anlamaya çalışarak.
"Nasıl tanımazsınız" diye bağırıyor birden.
Şaşkınlıkla ona dönüyorum. Ezikliğini üzerinden atmış, az önceki acımasız tavrıyla konuşuyor. Adamın çıldırdığını anlıyorum. Ama alttan alırsam, Salih Sami'nin canıma okuyacağını da biliyorum.
"Sesini yükseltme" diye ben de en az onunki kadar güçlü bir sesle bağırıyorum. "Uyduruyorsun. Salih Sami diye biri yok."
Umduğum gibi olmuyor, gözlerindeki öfke yumuşamıyor.
"Cahil" diyor eliyle arkadaki rafı göstererek. "Bu kitapları kim yazdı sanıyorsun?"
Raflara bakıyorum, Süleyman Sami'nin kitaplarını görüyorum. O anlatmayı sürdürüyor:
"Alttakiler de kitaplaşmamış çalışmalarım. Süleyman Sami kıskandı, basılmalarına izin vermedi."
Şaşkınlık içinde susuyorum.
"Hâlâ inanmıyorsan al şuna bak" diyerek masanın çekmecesini açıyor. Dikkatle bakıyorum, çekmeceden aldığı gümüş mektup açacağını bana uzatıyor.
"Bunu bana yirmi beşinci sanat yılımda armağan ettiler" diyor.
Önce korkuyla geriliyorum, bir an kaçmayı düşünüyo-

rum. Sonra kendimi toparlayarak, "Bakabilir miyim şuna?" deyip ani bir hareketle mektup açacağını kapıyorum.

"Yalan söylüyorsun. Bu senin değil, Süleyman Sami'nin." Yüzünde beliren şaşkınlığı görür görmez iyice yükseltiyorum sesimi:

"Sen Salih Sami değilsin, sen Salih Barem'sin."

Yeniden tashihçi Salih Bey oluyor karşımdaki adam. Boynunu eğerek uysal, ezik bakışlarla beni süzmeye başlıyor. Ama artık gerilemeye hiç niyetim yok.

"Sen eleştirmen değilsin" diyorum.

"Olabilirdim" diyor titrek bir sesle. "Süleyman Sami engelledi beni. Ona değer verirdim. Her yazdığımı ona götürürdüm. Beğenmez, beni aşağılardı. Senden olsa olsa tashihçi olur derdi."

"Mesleğini küçümseme" diyorum, amacım Salih Sami'nin yeniden ortaya çıkmasına engel olmak. "Tashihçilik de önemli bir iştir."

"Salih Sami öyle demiyor ama."

"Boş ver onu. Yalan söylüyor. Biliyorsun, o bir katil. Üstelik suçu da Aytuğ Bey'in üzerine yıkmak istiyor."

"Kötü niyeti yoktu aslında. Süleyman Sami'ye yaptıklarının yanlış olduğunu söylemek istiyordu. Ama tam o sırada Aytuğ Bey geldi. Onun yanında konuşamazdı. Dışarı çıkıp bekledi. Aytuğ Bey gidince yeniden eve girdi. Eleştirmene hatalı olduğunu, insanlara daha özenli davranmasını söyledi. Ama Süleyman Sami bana yaptığı gibi ona da hakaret etti."

Sesinin yükselmeye başladığını hissediyorum. Salih Sami yeniden ortaya çıkmak üzere.

"Onu öldürmeye hakkı yoktu" diyorum sertçe. "Yarın öfkelenip Salih Barem'i de öldürebilir."

Tashihçi yardım dileyen gözlerle bana bakıyor.

"Polisi arayıp onu yakalatalım, tek çare bu" diyorum kesin bir ifadeyle.

"Yapamam" diyor.

"Sen yapamazsan ben yaparım" diyorum. "Telefon nerede?" Usulca, kitaplığın alt rafındaki siyah telefon ahizesini gösteriyor. Telefona sarılıp Nevzat'ı arıyorum. Hemen geleceklerini söylüyorlar. İkimiz de susmuş onları beklerken sanki hiçbir şey olmamış gibi, "Biliyor musun?" diyor, "Çok tashih vardı romanında."

Kör Bican'ı Kim Vurdu?

Gecenin üçünde telefonun sesiyle uyanıyorum. Uykum pek hafif sayılmaz, epeydir çalıyor olmalı, iki kişilik geniş yatağımda dönerek komodinin üzerindeki telefona uzanıyorum.

"Alo?"

"Alo, Başkomser Nevzat mı?" diyor sıtma görmemiş bir erkek sesi.

"Evet, sen kimsin?" diye soruyorum, esneyerek.

"Ben Recep, Bican Abi tarafından arıyorum."

Anında açılıyor uykum. Bu, Kör Bican'ın sağ kolu Recep. Kısa bir duraksamadan sonra, "Ev telefonumu nereden buldun?" diye soruyorum.

"Bican Abi'de varmış" diyor anlamlı bir ses tonuyla.

"Bican komada değil mi?"

"Şükür Allah'a, açtı gözlerini" diyor. Sesinde gurura benzer bir sevinç var.

Yardımcım olacak Ali salağının haberi yok. Güya adamın yattığı odanın kapısında nöbet tutuyor.

"Ne zaman oldu bu?" diye soruyorum önemsemez görünerek.

"Birkaç saat önce" diye açıklıyor. "Bican Abim seninle konuşmak istiyor."

İlginç! Demek Bican komadan çıkar çıkmaz beni istiyor. Üç gündür kafamı kurcalayan düğüm sonunda çözülecek... Çözülecek mi? Bu herifler öyle kolay kolay konuşmazlar...

"Ne anlatacakmış bana gecenin bu saatinde? Yarın sabah konuşuruz" diyerek ne kadar ciddi olduklarını anlamaya çalışıyorum.

"Ne anlatacağını bilmiyorum Başkomserim, sana söyleyecekmiş" diyor uysal bir ses tonuyla. "Mutlaka bu gece konuşmalıymışsınız. 'Hayat memat meselesi' dedi Bican Abim."

Biraz düşündükten sonra, "Peki, yarım saat sonra hastanedeyim" diyorum. Emektar Renault güçlük çıkarmadan çalışıyor. Anacadde bizim sokak gibi sakin; yine de hızlı gitmiyorum. Kör Bican'la konuşmadan önce biraz düşünmeliyim. Paketimdeki son sigarayı yerleştiriyorum dudağımın kıyısına. Canım çektiğinden değil, kısa yoldan kafayı toparlamak için.

Her şey üç gün önce, Kör Bican'ın Boğaz'da, lüks bir restoranda vurulmasıyla başladı. Olayı duyduğumda aklıma gelen ilk ihtimal, büyük çaplı bir mafya hesaplaşmasıydı. Kör Bican deyip geçmeyin, yeraltı âleminin en önemli, en ilginç şahsiyetlerinden biridir. Delikanlılık raconlarını el üstünde tutan, kendine göre ahlak kuralları olan eski babalara hiç mi hiç benzemez. Ucunda para olduktan sonra eroin ticaretinden tutun da çocuk pazarlamasına kadar akla gelebilecek her türlü pis işe girmekten çekinmez. Yeraltı âleminde herkes ondan korkar, ona bulaşmak istemez.

Sonunda birileri onun da biletini kesmeye karar verdi anlaşılan. Ama başka pis kokular da geliyor burnuma. Henüz kanıt olmamasına rağmen kimi gazeteler Kör Bican'ın vurulmasının şu meşhur çeteyle bağlantılı olduğunu yazdı. Her gün ipe sapa gelmez ihbarlar alıyoruz. Bunlar neyse de istihbarat örgütünün de olayı soruşturduğu haberleri yayılmaz mı ortalığa. Çetenin bu işe bulaşmış olması henüz kesinlik kazanmasa da ben Kör Bican suikastının ardında büyük bir gücün olduğunu düşünüyorum. Bu öyle bir güç ki, Kör Bican'ın en çok güvendiği korumaları, yeraltı âleminin namlı delikanlıları Keskin Nejat ile Kalafat Kenan'ı bile satın alabilecek kadar zengin ve korkutucu.

İki korumayı bizzat ben sorguladım. Nasıl olduğunu anlayamadıklarını, kırmızı BMW'yle gelen bir delikanlının Bican Abilerini kurşun yağmuruna tuttuğunu anlattılar. Gerektiğinde on kişiyle çatışmaya girecek kadar iyi silah kullanabilen bu iki bitirim, gözlerimin içine baka baka yalan söylüyorlardı. Benden çekinmemelerini anlıyordum ama Kör Bican çetesinin öteki elemanlarından korkmamaları tuhaftı. Bunun açıklaması basitti: Kör Bican'ı vuranlar daha belalı adamlardı.

Emniyet Amirimiz de aynı şeyi düşünmüş olacak ki, "Aman Nevzat oğlum, dikkat et. Bu nazik bir konuya benziyor, iş yukarılara uzanabilir, durup dururken başımıza iş almayalım" diyerek beni uyarma gereği hissetmişti.

Restorandaki garsonlar da kırmızı BMW'yle gelen bir delikanlıdan söz ettiler. Korumalardan farklı olarak, delikanlının yanında güzel bir kızın olduğunu da eklediler. Kör Bican kızın masasına gitmiş, tartışmışlar, delikanlı da tabancasını çekip mafya babasını yere sermiş. Bu ifade korumalarınkini doğruluyordu ama suikastın arkasında kimin olduğu sorusuna açıklık getirmiyordu. Ne yazık ki korumalar da, garsonlar da BMW'nin plakasını almamışlardı. Daha ilginci, olay yerinde bir şarjöre yakın kurşun yakılmış olmasına karşın ne bir mermi çekirdeği, ne de bir kovana rastlanmıştı. Bunun anlamı açıktı: Birileri, "delil kalmasın" diye tek tek kovanları toplamıştı. Kör Bican'a yakın mesafeden ateş edildiğinden kurşunlar delip geçmiş, adamın gövdesinden de çekirdek çıkmamıştı. Bir tek kırmızı BMW kalıyordu geriye, plakası saptanamamış olmasına rağmen üç gündür arabanın sahibini bulmak için uğraşıp duruyorduk.

Aslına bakarsanız beni de ürkütüyordu bu olay. Ya gerçekten de çete filan çıkarsa bu işin altından? Kör Bican'ın da 1980'den sonra yurtdışındaki gizli operasyonlarda kullanıldığı söyleniyordu.

Hastanenin park yerine gelinceye kadar bu düşünceler geçiyor kafamdan. Arabadan çıkarken, karanlığın içinden ince uzun bir gölge yaklaşıyor yanıma. Bizimkilerden biri mi, hayır, bu Recep. Saygıyla ceketini düğmeleyerek, "Hoş geldiniz Başkomserim" diyor, "Şöyle buyrun."

Hastanenin kapısına yürürken, "Peki, konuşabilecek hali var mı Kör Bican'ın?" diye soruyorum.

"Bican Abi böyle çok varta atlattı" diyor kendinden emin bir tavırla. "Gözünü açtıktan sonra korkma. Seni beni uyutur da sabaha kadar konuşur evvel Allah!"

Kör Bican'ın yattığı oda üçüncü katta. Asansörden indiğimi gören yardımcım Ali ile yanındaki iki polis memuru şaşkınlıkla toparlanıyor.

"Hayrola Amirim, bir şey mi oldu?" diye soruyor Ali, uyku sersemi gözlerini yüzüme dikerek.

"Kör Bican komadan çıkmış" diyorum.

"İm... İmkânsız" diye kekeliyor.

"Sen öyle san" diyorum kızgınlıkla yüzüne bakarak. "Adamı hastaneden kaçırsalar haberimiz olmayacak."

"Ama Başkomserim" diyecek oluyor.

"Tamam tamam, seninle sonra konuşacağız" diyerek, Bican'ın odasına yürüyorum.

Kör Bican, geniş odanın ortasındaki yatakta koluna bağlanmış serum şişeleriyle yatıyor, içeri girdiğimizi fark edince başını hafifçe kaldırıyor. Yüzü solgun ve endişeli. Yatağa yaklaşırken, Recep bir iskemle yetiştiriyor.

"Geçmiş olsun" diyorum iskemleye otururken.

"Sağ olasın" diyor.

Üç günlük koma onu epeyce sarsmış. Ona Kör Bican lakabını kazandıran, sağ kaşının ortasından başlayıp çenesine kadar uzanan bıçak yarası sanki daha da derinleşmiş.

"Kusura bakma Başkomserim" diyor. "Seni de buraya kadar yorduk."

"Anlatacakların önemli olmalı" diyorum. "Nedir bu iş? Kim vurdu seni?"

Sorumu yanıtlamadan önce gözleriyle Recep'e odadan çıkmasını işaret ediyor. Adamı çıkınca bana dönerek,

"Önce söz vermelisin" diyor, adeta yalvaran bir ses tonuyla.
"Bu konuyu kimseye anlatmayacaksın."
"Böyle bir koşulu kabul etmeyeceğimi biliyorsun."
"Anlatacaklarımı kimseye söylemezsen, sana önemli bir tüyo vereceğim" diyerek pazarlık yapmaya başlıyor.
"Belki anlatacağın şey, vereceğin tüyodan daha değerlidir" diyorum kurnazca gülümseyerek.
"Değil" diyor. "Allah şahidim olsun, değil."
"Duymadan bir şey söyleyemem" diyerek kestirip atıyorum.

Çaresiz gözlerle yüzüme bakarak, "Olanları öğrenince eminim bana yardım edeceksin" diyor.

"Önce anlat" diyorum böyle belalı bir babayı kıstırmış olmanın verdiği keyfin tadını çıkararak.

"Peki, dinle o zaman" diyerek, başlıyor anlatmaya: "Pazar günü, Boğaz'da, Ortoz Restoran'da oturuyorduk. Bir ara gözlerim kapıdan giren bir kıza takıldı. Gün ışığını arkasına almıştı, yüzünü göremiyordum ama kız çok iyi tanıdığım birini hatırlatıyordu bana. Yürüyüşü, başını yana eğişi, saçını savuruşu her şeyi ona benziyordu."

"Kime benziyordu?" diye soruyorum merakıma yenilerek.

Kör Bican'ın solgun yüzü kederle gölgeleniyor.

"Şermin'e" diyor titrek bir sesle, "İlk sevgilim Şermin'e. Sanki onca sene geçmemiş gibi, tazecik, gencecik duruyordu karşımda. Önümden geçene kadar hayran hayran bakıp durdum.

Ben kendimi kızın büyüsünden kurtaramamışken, 'Ne bakıyorsun lan öyle ayı gibi?' diyen bir ses duydum.

Başımı çevirdim ki, uzun boylu, yeniyetme bir oğlan öfkeyle bakıyor. Oğlanı görür görmez, kızın manitası olduğunu anladım. Bizim çocuklar ayağa fırlayıp oğlanı benzetmek üzereydiler ki, onları durdurarak çocuğa döndüm:

'Hemen ağzını bozma' dedim, alttan alan bir sesle, 'Kızı birine benzettim.'

'Yiyecek gibi bakıyordun ama' diye diklendi.

'Yanlış anladın koçum' diyerek yatıştırmaya çalıştım.
'Yanlış anlamadım. Bir daha olmasın' dedi.
Bizim çocuklar çıldırmak üzereydi. Delikanlı uzaklaşırken Keskin Nejat, 'Abi emret, indireyim şu lavuğu aşağıya' dedi. "Boş ver be Nejat' dedim. 'Dişisinin yanında erkek serçeye bile eyvallah çekmek lazım.'
Çocuklar bendeki bu değişikliği anlamadan şaşkın şaşkın yüzüme baktılar. Bu arada delikanlı gidip kızın masasına oturmuştu. Kız ne konuştuğunu sormuş olacak ki, bize ters ters bakarak bir şeyler anlattı. Kızın tatlı bakışları sertleşti, düşmanlıkla doldu. Önemsememeliydim ama yapamadım. Barışmak için garsonla içki gönderdim. Delikanlı ikramımızı geri çevirdi.
Bu defa bizim Kalafat Kenan, 'Abi bu dallamanın yaptığı yetti artık, bırak şu oğlanı halledeyim' dedi.
'Olmaz' dedim. 'Onlar âşık. Âşıklara dokunulmaz. Ben gider konuşurum.'
'Konuştuğuna değmez abi' dedi Nejat. 'Çok canın çektiyse kızı kaldıralım.'
Yapmadığımız iş değildi ama bana Şermin'i hatırlatan bir kıza buna yapamazdım.
'Bunu duymamış olayım Nejat' dedim. 'Ne zamandan beri siz bana akıl verir oldunuz?'
Çocuklar susup başlarını öne eğdiler. Ben de kızın masasına yollandım. Onlara yaklaştığımı görünce oğlan yine dik dik baktı yüzüme. Aldırmadan çöktüm masalarına:
'Bak arkadaş' dedim bütün samimiyetimle, 'Benim kötü bir niyetim yok...'
'Ulan, sen kim oluyorsun da izin almadan benim masama oturuyorsun?' diyerek kesmez mi sözümü.
'Delikanlı adamsın, ulan diye konuşma' diyerek uyardım.
'Ha siktir lan, delikanlılığı senden mi öğrenecem' diye bağırınca dayanamayıp suratına bir tokat indirdim. Tokatı yiyince sandalyeden yere düştü. Yere düşer düşmez de ceketinin altından silahını çekip ateş etmeye başladı. Bu toy oğlanda silah bulunacağını nereden bilirdim? Kendimi

masanın arkasına attım ama geç kalmıştım, oğlan vurmuştu beni. Bizim Nejat ile Kenan ilk şaşkınlıklarını atar atmaz silahları fora edip yetiştiler. O ara gözlerim kıza takıldı, zavallıcık sandalyesine büzülmüş, korkuyla olanları izliyordu. Oğlanı delik deşik etmek üzere olan bizim çocukları durdurdum. Tükenmekte olan son gücümü de kullanıp, 'Bırakın, gitsinler' dedim.

'Nasıl bırakırız Abi!' dedi Nejat öfkeden çılgına dönmüş gözlerle bana bakarak. 'Herif seni vurdu.'

'Bırakın' dedim, emredercesine, 'Onlar âşık. Onlara dokunmayın.' Sonra kıza dönerek ekledim: 'Sevgilini al da git...'

Kızın gözlerindeki korku sevince dönüştü; hemen toparlandı, hâlâ yerde yatan oğlanı elinden tutarak sürükleyip götürdü. Bizim çocuklara olanları kimseye anlatmamalarını, boş kovanları, duvara saplanan çekirdekleri toplamalarını söyledim. Onlar üzüntü ve şaşkınlık içinde başlarını sallayarak dediklerimi yaparlarken kendimi kaybetmişim..."

Derinden bir iç geçirerek sözlerine son noktayı koyuyor Kör Bican.

"İşte hepsi bu Başkomserim."

"Güzel hikâye" diyorum inanmamış gözlerle süzerek, "Neden senaryo yazmıyorsun?"

Gözlerinde masum bir ifade beliriyor.

"İnan ki doğru" diyor, "İstersen beni vuran çocukla da yüzleştiririm seni."

"Nasıl!" diye söyleniyorum... "Çocuğun kim olduğunu biliyor musun?"

"Biliyorum, döviz zenginlerinden Hilmi Kaya'nın oğlu. Bizimkiler oğlanı bulup olanları anlatmaması için gözünü korkuttular. Zaten benim kim olduğumu öğrendikten sonra kaçacak yer arıyormuş zavallı. Babası defalarca özür dilemiş bizimkilerden."

Kör Bican'ı tanımasam, yeraltı âleminin en çirkef, en iğrenç adamlarından biri olduğunu bilmesem, tamam, diyeceğim. Ama benim bildiğim Kör Bican bunu yapacak

adam değil. Fakat öyle de içten anlatıyor ki, üstelik tanığı da var... Duraksamamdan hâlâ ona inanmadığımı çıkartarak, "Vallah olay tamı tamına anlattığım gibi oldu" diyor. Sesinde az önceki içtenliği buluyorum. "İstersen kızla da konuşabilirsin."
"Diyelim ki doğru söylüyorsun ama niye yaptın bunu?" diye soruyorum merakla.
"Şermin yüzünden" diyor iç geçirerek. "İlk aşkım, ilk göz ağrım, ilk cinayetim Şermin yüzünden."
"Sevdiğin kızı, Şermin'i de mi öldürdün?"
"Dur, bilir bilmez suçlama hemen" diyor.
İlk kez öfkelendiğini görüyorum.
"Bir dinle, ondan sonra karar ver. İlkokuldan beri seviyordum Şermin'i. O da beni sevdiğini söylüyordu. Sözlü gibiydik, askerliğimi yapar yapmaz evlenecektik. Derken bizim mahalleye bir araba galerisi açıldı. Galeri sahibi cenabet herifin biri. Bir de uzun boylu, yavşak bir oğlu var. Selamsız sabahsız dolaşır dururdu mahallede. Bunla kalsa yine iyi. Bir gün Şermin geldi yanıma. 'Bu herif bana asılıyor' demez mi? O zaman bu işlerle ilgimiz yok ama sapına kadar delikanlıyız. Kızı evine bıraktığım gibi gittim lavuğun yanına.

'Ulan' dedim, 'Bir daha benim kıza asılırsan, alırım façanı aşağıya.'

Tınmadı dallama, efelenmeye kalktı. Ben de yerleştirdim kafayı suratının ortasına. Ağzından burnundan nasıl kan geliyor. Kavgayı gören babası da araba levyesini kapıp üstüme gelmez mi? Herif bir tane yerleştirdi omzumuza. Sendeledim ama düşmedim. Herifin de suratına çaktım bir tane. Şöyle bir sallandı, çekip aldım levyeyi elinden. Öfkeyle indirdim kel kafasına. Olduğu yere çöktü adam. Baba oğlu kan içinde bırakıp tüydüm. Ama akşama kalmadan polis enseledi bizi. İki ay içeri attılar. Dışarı çıktığımda büyük bir kahpelik bekliyordu beni. Bizim Şermin genç lavukla pişirmişti işi. Kestim bir gün kızın yolunu:

'Ne yaptın, nasıl oldu bu iş Şermin?' diye sordum.

Utandı, sıkıldı.

'Kusura bakma Bican' dedi. 'Ona âşık oldum.'

'Âşık oldum' dediği adam da tipsizin Allah'ı. Fasulye sırığı gibi bir boy var, hepsi o. 'Sen oğlana değil, parasına âşık oldun kızım' diyecektim, dilimin ucuna kadar geldi, diyemedim.

'Beni istemeyen birini ben de istemem' diyerek bırakıp gittim. Ama sen bir de bana sor; nasıl gücüme gidiyor, nasıl içim yanıyor, anlatamam. Neyse uzatmayalım, içimiz yanıyor ama yapacak bir şey de yok. O zamanlar daha toyuz, dünyanın nasıl puşt, nasıl adi bir yer olduğunun farkında değiliz. Bağrımıza taş bastık, babamızın bakkal dükkânında işimize gücümüze bakmaya devam ettik. Bir ikindi vakti dükkânın önünde iskemlede otururken, Şermin ile o uzun boylu lavuk çıktı sokağın altından. Tam önümden geçerlerken gözlerim gayri ihtiyari onlara kaydı. Lavuk fark edince, 'Ne bakıyorsun lan?' demez mi?

Ben sesimi çıkarmadım yine. Ama herifin içinde yediği dayağın acısı var ya, efelenmeyi sürdürdü. Efelensin, yine bir şey diyeceğim yoktu ama Şermin de küçümseyen gözlerle bana bakarak, 'Bırak şunu, hadi gidelim' demez mi?

İşte o zaman kan beynime sıçradı, altımdaki iskemleyi kaptığım gibi indirdim herifin kafasına. Ama tam isabet ettiremedim. Lavuk fırladığı gibi yandaki kasaba girdi. Az sonra da elinde kocaman bir bıçakla çıktı. Kaçsam kaçarım ama Şermin'in önünde kaçmayı kendime yediremedim. İlk darbeyi savuşturduk fakat ayağım kayınca herif çizdi suratımızı. Sağ gözüm kanla yıkanıyor ama herifin elini yakalamayı başardım. Kıvırıp aldım bıçağı elinden, başladım lavuğu süslemeye, neresi gelirse saplıyorum. O arada Şermin de, 'Katil, katil... Nişanlımı öldürüyor' diyerek çantasıyla bana vurmaya başlayınca, öfkeyle dönüp ona da saplamaya başladım. Kendime geldiğimde Şermin'in donmuş gözlerini gördüm yalnızca..."

Sustu Kör Bican. Sanki o anı yeniden yaşıyor.

"İşte böyle" diyerek serum bağlı eliyle yüzündeki yara izini göstermeye çalışıyor sonra. "Bu yara o günlerden kalma. O günden sonra bu dünyanın ne boktan bir yer olduğunu anladım. Yüreğimi kararttım, silahıma sarıldım. İşte ayaktayım. Ama ne yaparsam yapayım, her gece gözlerimi kapadığımda Şermin'in acı içindeki yüzünü görmekten kurtaramadım kendimi. İşte bu yüzden öldürmedim o çocuğu."

Kör Bican'ın anlattıkları beni sarsmıştı ama belli etmemeye çalışıyorum. O sözlerini sürdürüyor:

"Sana bunları neden anlattığıma gelince. Nasıl olsa kırmızı BMW'yi bulacak, olayı öğrenecektin. Sen öğrenmeden benden duy, 'Kör Bican'ı toy bir oğlan vurdu' diye ite köpeğe rezil etme bizi diye anlattım bunları."

"İyi de, bir sürü tanık var" diyecek oluyorum.

"Sen onları bana bırak Başkomserim. Önemli olan sensin" diyerek kapatıyor ağzımı.

"Peki, millete ne söyleyeceğiz?"

"İşin içinde uranyum kaçakçılığı olduğunu, beni Rus mafyasının vurduğunu söyle. Ben de ifademde Ruslardan bahsederim."

"Olabilir" diyorum, henüz ikna olmadığımı belirtmek için, "Ama önce şu vereceğin tüyoyu duyalım."

Bir ay önce Bursa-Yalova yolunda öldürülen Musevi işadamını kimlerin, niçin vurduğunu anlatmaya başlayan Kör Bican'ın yaralı, solgun yüzünde mutluluğa benzer bir ifade belirir gibi oluyor.

Savcıyı Öldürmek!

Mevsim sonbahar ama sıcaklar sürüyor. Yapış yapış bir nem bırakmıyor yakamı. Soluk almakta zorluk çekiyorum. "İstanbul'dan uzaklaşmalıyım" diye düşünüyorum. Altınoluk'ta her yaz gittiğim motelin terası geliyor gözlerimin önüne. Akşamüzerleri hanımelilerin iyice baygınlaşan kokularını duyar gibi oluyorum; biraz beyazpeynir, bir dilim kavunla yudumladığım buzlu rakının tadı damağımı yakıyor. Ben böyle düşte de olsa yavaş yavaş kafayı bulurken, Başkomser Cevat heyecanla düşüyor masama:

"Saim Öztürk ölmüş."

"Ne!.. Şu ünlü savcı mı?" diyerek toparlanıyorum.

"Ta kendisi."

"Cinayet mi?"

"Gidip bakarsan anlayacağız."

"Bakarım bakmasına da Siyasi Şube'dekiler pek hoşlanmayacak bu işten."

"İster hoşlansın, ister hoşlanmasınlar" diye kestirip atıyor Amirim. "Bu şehirdeki cinayetler bizim görev alanımıza girer."

Çaresiz ayaklanıyorum. Merdivenlerden inene kadar ayrıntılar üzerine konuşup duruyor Başkomser Cevat. Savcının sokağında resmi plakalı bir polis minibüsü duruyor. Evin kapısında iki beyaz Renault var. Siyasi Şube çoktan damlamış.

Uzun bir holden geçerek ulaşıyorum evin salonuna. Siyasi Şube'nin acar komiseri Sadi'den önce kuşların cıvıltıları karşılıyor beni. Bir evin salonundan çok kuşçu dükkânına benziyor burası. Süslü kafeslerde, rengârenk, yirmiye yakın kuş neşeyle ötüşüyor. Sanki ölü evi değil düğün yeri. "Savcı Bey, gözü gibi baktığı bu kuşların vefasızlığını görseydi kahırlanır, hatta kendini kaybedip bunların kafasını birer birer koparırdı" diye sakın aklınıza getirmeyin. İflah olmaz bir kuş tutkunu olarak ben, böyle olmayacağını size garanti ederim. Öyle karşılıksız bir sevdadır ki bu, servetinizin tümünü yeseler bile kuşlara kızamazsınız.

Kuş sesleri arasında geniş salonu yarılamışken, Komiser Sadi kesiyor yolumu:

"Burada ne arıyorsun?"

"Taziyeye geldim" diyorum. "Babaları öldü ya, zavallı kuşları teselli etmek gerek."

"Şakanın sırası değil" diyor ciddi bir suratla. "Ortada bir ölü var."

"Nerede?" diyerek Sadi'nin omzundan arkaya bir göz atıyorum ve rahmetli savcımızı renkli bir örtüyle kaplı divanın üzerinde yatarken görüyorum.

"İşte oradaymış" diyorum ama Komiser Sadi iri bedeniyle hemen kapatıyor önümü.

"Raporumda senin yüzünü mü tarif edeyim?" diyerek gözlerinin içine bakıyorum Sadi'nin... "Benim için hava hoş. Başkomserime ayrıntılarıyla anlatırım seni. Böylece, sınıf arkadaşı olan emniyet müdürümüzle içerken konu sıkıntısı çekmekten kurtulmuş olurlar."

Küfredercesine bakıyor yüzüme.

"Elini hiçbir şeye sürmeyeceksin" diyor. "Anladın mı? Şöyle bir bakacaksın. Sonra da çekip gideceksin."

Partiyi kazanmış olmanın keyfiyle, "Anlaştık" diyerek uzaklaşıyorum.

Savcı Bey uzanıp kaldığı divanda pozunu hiç bozmadan öylece duruyor. Ağzı orta boyda bir elmayı içine alacak kadar açılmış, dizlerini karnına çekmiş, sol eli aşağıda, işaretparmağı yerdeki beyaz halıya değdi değecek. Yüzüne bakıyorum; yara bere yok. Eğilip yerdeki halıyı incelerken, birinin başucumda dikildiğini fark ediyorum. Başımı kaldırınca bizim Şişko Raif'i görüyorum.

"Vay Raif, ne haber?"

"İyidir" diyor Raif, komiserine bir göz attıktan sonra. Benimle samimi görünmekten çekiniyor. Doğrularak sigara paketimi uzatıyorum:

"Yaksana."

"Sağ ol, bıraktım" diyor.

Ben bir tane yakıyorum.

"Ne işin var burada?"

Gözleri hâlâ Sadi'de. Ben de dönüp bakıyorum. Şansım yolunda, polislerden biri Sadi'yi dışarı çağırıyor.

"Korumasıydım" diyor Raif rahatlayarak, "Cesedi ben buldum."

"Onu en son ne zaman gördün?" diye soruyorum.

"Dün akşam" diyor kesin bir ifadeyle.

"Konuğu var mıydı?"

"Yoktu. Geleni gideni pek olmazdı."

"Yemeğini filan kim yapardı?"

"Hatçe Bacı" diyor. Ne düşündüğümü anlamış gibi ekliyor:

"O kadından kimseye zarar gelmez. Bence kalp krizi."

"Çok kesin konuşuyorsun!"

"Kalp hastasıydı" diyor.

Yüzündeki derin kaygının farkına ilk o zaman varıyorum. Bu olaydan sorumlu tutulmaktan korkuyor.

"Haklısın, doğal bir ölüme benziyor" diyorum. "Yine de otopsi yapılması gerek."

"Herhalde yaparlar" diyor Raif.

Sigaramdan bir soluk daha alacakken ucunda uzayan külleri fark ediyorum. Bakınıyorum, ilerdeki masada duran siyah renkli cam küllüğü görüyorum. Yaklaşıyorum. Külleri dökerken kahverengi sumen dikkatimi çekiyor. Sumenin kapağını kaldırınca açık bir zarf görüyorum, yanında bir de mektup var: "Gönderen: Zahir Kirmanoğlu / PK 303 Sirkeci-İst." Ortalarda savcının adı, adresi yazılı. Sonra mektuba bir göz atıyorum:

"Sayın Saim Öztürk" diye başlıyor. "Afrika papağanına meraklı bir bey olduğunuzu basından öğrendim. Bende bir çift Afrika papağanı *(Psittacus erithacus)* var. Yakında bir çift yavruları olacak. Yavruların parası bol görgüsüzlerin elinde soysuzlaşmasına gönlüm razı olmuyor. Aralarında sizin de bulunduğunuz elli kuş meraklısına mektup yazarak yavrulara isim bulmalarını istedim. En iyi ismi bulan kişiye yavruları ücretsiz vereceğim. İlgileniyorsanız kuşlar için bulduğunuz isimleri 'PK 303 Sirkeci-İstanbul' adresine göndermenizi rica ederim. Zahir Kirmanoğlu.

Not: 1) Sizi külfete sokmamak için, yollayacağınız mektubun posta pulunu da zarfın içine koyuyorum. 2) Kuşları kazanamazsanız bile kimin kazandığını ve kuşlara önerilen isimleri size bildireceğim."

Al işte, benim gibi bir kuş meraklısı daha... Savcı Bey isimleri yazıp gönderdi mi acaba? Bir de kazanıyor mu? Şu adresi yazıp durumu anlatsam. Neden olmasın. Kuşsever biri olarak bu benim görevim. Hem iki isim de ben yazarım. Ne zamandır bir çift Afrika papağanım olsun istiyordum. Not defterime adresi yazarken Sadi'nin sesi duyuluyor:

"Ne yapıyorsun orada?"

"Rapor için not alıyorum" diyerek defteri cebime atıyorum.

Sadi kuşkuyla izliyor hareketlerimi. Aldırmadan mutfağa giriyorum, banyoya göz atıyorum. Her şey normal görünüyor. Yeniden salona dönüyorum. Cesedin başında dikilen Sadi'ye yaklaşıp, "Benim işim tamam" diyorum, "Ama cesedin otopsiye ihtiyacı var."

"Fikrini kendine sakla" diyor.

"Sen bilirsin" diyorum ayrılırken.

Akşamüzeri geliyorum merkeze. Başkomser Cevat ortalıkta yok. Oturup temkinli bir rapor yazıyorum. Durumu kısaca özetledikten sonra mutlaka otopsi yapılması gerektiğini belirtiyorum. Sonra Afrika papağanının sahibi olan Zahir Kirmanoğlu'na bir mektup döşeniyorum. Olanları anlatıp yarışmaya katılmak istediğimi söyleyerek iki kuş ismi de ben öneriyorum.

Bir saat sonra geliyor Başkomser Cevat. Raporu uzatıyorum. Okuyor. Hoşuna gidiyor. Hayatından memnun görünüyor. İzin istemenin tam sırası:

"Başkomserim" diyorum, "Biliyorsunuz ben bu yıl izin yapmadım."

"Eee" diyor sertçe bakarak.

"E'si izin istiyorum."

"Ya savcı!" diyecek oluyor.

"Adam eceliyle gitmiş, cinayet olsa bile Siyasi Şube bize bırakmaz. Hem burada benden başka dedektif yok mu?"

Gevrek gevrek gülüyor Başkomser Cevat:

"Kaç gün gideceksin?"

"Hepi topu on gün."

"Peki, yarından itibaren izinlisin."

"Tamam" diyorum ve belki düşüncesini değiştirir diye hemen ayrılıyorum yanından.

Eve gelir gelmez valizlerimi topluyorum, vaktin geç olmasına aldırmadan çıkıyorum yola. Altınoluk'taki motele doğru topukluyorum arabayı. Geceyarısı varıyorum otele. Ertesi günün öğle vaktine kadar uyuyorum. Uyanınca nefis bir kahvaltı yapıyorum. Bir ara gözlerim gazetelere takılıyor. Savcının ölümü birinci sayfadan verilmiş. Otopsi sonuçları henüz yok.

O gün denizin tadını çıkarıyorum. Motelin önünde üstsüz güneşlenen Fransız kızlarını seyrediyorum. Ve akşamüzeri, özlemiyle yanıp kavrulduğum rakıma kavuşuyorum.

Ertesi gün biraz daha geç kalkıyorum. Kahvaltı için aşağı indiğimde benim gibi geç kalmış bir müşterinin gazetesine takılıyor gözlerim. Beş sütün üstüne manşetten şu haber haykırıyor:

"Ünlü savcı zehirlenmiş!"

Adamın elinden gazeteyi kaparcasına alıyorum. Öfkeyle yüzüme bakıyor, ona aldırmadan haberi okuyorum. Otopsi sonucunda savcının arsenikle zehirlendiği belirlenmiş. İçişleri bakanı, "Katilleri bulacağız" diye kükrüyor. Savcının mahkûm ettiği örgüt üyeleri ve yakınları gözaltına alınıp sorgulanmaya başlanmış bile.

"Eyvah" diyorum kendi kendime, "Başkomser beni çağıracak..." Korktuğum gibi olmuyor. Ne başkomser ne de başka biri beni arıyor. Ben de savcının davasını gazetelerden takip ediyorum. Bir sürü insan gözaltına alınıyor, açıklamalar yapılıyor ama katil bulunamıyor.

On gün sonra iyice dinlenmiş bir halde giriyorum merkezin kapısından, herkes gıptayla bakıyor bana.

Başkomser Cevat intikam almak istercesine, Etiler'de işlenen bir cinayeti çözmekle görevlendiriyor beni. Adamın teki, karısının âşığını vurmuş, olaya kaza süsü vermeye çalışıyor. Delilleri topluyoruz, tanıklarla konuşuyoruz. Ne yapsak boşuna, biliyorum, herif pahalı avukatlarla yırtacak işten. Yine de bırakmıyoruz işin peşini.

İstanbul'a geldikten iki hafta sonra bir akşam eve dönerken boş posta kutusunu görünce aklıma Afrika papağanları geliyor. Mektubuma karşılık almadığımı fark ediyorum. Oysa adamın mektubunda yarışmaya katılan kazanmasa bile, kuşları alacak kişinin kimliğinin ve kuşlara bulduğu isimlerin açıklanacağı yazıyordu.

"Yoksa birisi savcıyla dalga mı geçti?" diye düşünüyorum. Ve olayı unutuyorum. Bu arada bizim Etiler cinayetinin ön sorguları bitiyor. Davayı savcılığa gönderiyoruz. Ama savcı cinayetinde hâlâ bir ilerleme yok. Habire örgüt üyeleri tutuklanıyor, sorgulanıyor. Savcı Bey de o kadar çok insanı cezalandırtmış ki, içlerinden katili bulup çıkarmak hiç de kolay bir iş değil.

Boş günlerimden birinde evde oturmuş sakin sakin gazetemi okurken arka sayfada Afrika papağanlarının çiftleşmesini anlatan yazı dikkatimi çekiyor ve tabii bizim mektup aklıma geliyor. "Bu adama ulaşmanın bir yolu olmalı" diye düşünüyorum. Ne yaptı, kime verdi kuşları acaba? Onu bulabileceğim tek adres Sirkeci Postanesi.

Ertesi gün uğruyorum postaneye. Posta kutularına bakan görevliye kimliğimi gösterip, 303 no'lu kutuyu kiralayan Zahir Kirmanoğlu'nun adresini soruyorum. Görevli, bir önündeki deftere bir bana bakıyor, çekinir gibi bir hali var.

"Merak etme kimseye söylemem" diyorum olanca sevimliliğimi takınarak. "Devlet memurları birbirlerine yardımcı olmalı."

Sonunda defteri önüme uzatıyor. Adamın adının karşısında Fatih'te bir evin adresi yer alıyor. Hemen yola düşüyorum. Ama Fatih'te ne öyle bir mahalle ne de o adı taşıyan bir sokak var.

Postaneye dönüyorum. Görevli beni yeniden karşısında görünce tedirgin oluyor.

"Adres sahteymiş" diyorum.

"Ben sahte olduğunu nereden bileyim?" diyor kendisini suçladığımı sanarak.

"Yoo, beni yanlış anladınız. Sizi suçlamıyorum. Yalnızca o adamı görüp görmediğinizi soracaktım."

"Mutlaka görmüşümdür ama o kadar çok insanla karşılaşıyoruz ki, onu hatırlamam mümkün değil."

"Şu kutuya bir göz atabilir miyiz?" diye soruyorum.

"Yapamam" diyor. "Müdürden izin almanız gerek."

"Müdürü rahatsız etmeyelim. Yalnızca bakacağım, hiçbir şey almayacağım."

Ciddi ciddi korkuyor adam.

"Çok önemli bir cinayet davası" diye üsteliyorum. "Emniyete işin düşerse ben de sana yardım ederim."

"Peki" diyor sonunda, "Gel benimle."

Posta kutularının bulunduğu bölüme geçiyoruz. Gelen mektuplar kutulara buradan konuyor. 303 no'lu kutuyu bulmak zor olmuyor. Görevli arka kapağı açıyor. Kutuda iki mektup var. Alıp bir göz atıyor.

"Ooo, bunlar postaya verileli neredeyse bir ay olmuş."

Aceleyle alıyorum elinden mektupları. Kargacık burgacık el yazımı hemen tanıyorum. Öbür zarfın üzerinde ise güzel bir el yazısıyla savcının adı ve adresi yer alıyor.

"Vay canına, demek bizden başka kimse mektup göndermemiş!"

"Sahte bir adres, alınmamış mektuplar. Bütün bunların savcının ölümüyle bir ilgisi olmalı" diye düşünüyorum. Görevli bön bön suratıma bakıyor.

"Bu mektupları alabilir miyim?" diyerek şansımı denemek istiyorum ama sökmüyor.

"Olmaz. Savcılık izni gerekli."

Haklı. Çaresiz ayrılıyorum yanından. Doğru merkeze gidip olanı biteni Başkomser Cevat'a anlatıyorum. Benim mektup yazmama bozulur gibi oluyor ama sonra bu işin savcının zehirlenmesi olayıyla ilgili olduğunu, Siyasi Şube'yi atlatıp davayı bizim çözebileceğimizi öğrenince yumuşuyor.

"O mektupta ne bulmayı umuyorsun?"

"Bilmiyorum" diyorum. "Belki bir şifre ya da gizli bir mesaj..."

"Peki" diyor, "İzin alacağım. Umarım kepaze olmayız."

İzin çıkar çıkmaz savcının mektubunu alıp merkeze geliyorum. Başkomser Cevat'la birlikte okuyoruz:

> "Sayın Zahir Kirmanoğlu,
> Öncelikle çabanızı takdir ettiğimi belirtmeme izin verin. Sizin gibi kuşseverler olduğu müddetçe bu memleket ayakta kalmaya devam edecektir. Nacizane isim önerilerim, Aykuş ile Gökkuş'tur. Kazandığımı müjdeleyen haberinizi heyecanla bekliyorum.
> Saygılarımla, Emekli Savcı Saim Öztürk"

Başkomser Cevat öfkeyle yüzüme bakarak, "Hani şifre?" diyor.

"Bilmiyorum" diyorum mektubu elimde çevirerek. "Bilemiyorum."

"1. Şube'dekiler duysa nasıl gülerlerdi halimize. Hemen mektubu yeni bir zarfa koy ve aldığın posta kutusuna at. Belki alıcısı çıkar gelir. Daha fazla rezil olmayalım."

Yenilmiş bir halde masama dönüyorum. Çekmeceden bir zarf çıkarıyorum. Mektubu içine koyuyorum. Çekmecelerin birinde posta pulu da olacaktı. En alttakinde buluyorum. Pul yalamayı da hiç sevmem. Islak bir sünger arıyorum. Hiç kimsede yok. Herkes dalga geçiyor, "Pul olayı tarihe karıştı. Artık posta makineleri var" diye. Birden jeton düşüyor. Savcıya gelen mektuptaki notu hatırlıyorum:

"Sizi herhangi bir külfete sokmamak için pulu da yolluyorum."

Hızla odama dönüyorum. Savcının mektubuna bakıyorum. Pulun üzerinde bir kuş resmi var, altında da, "Manyas Kuş Cenneti" yazıyor. Mektubu kaptığım gibi Adli Tıp'taki Remzi'nin yanında alıyorum soluğu:

"Şu pulu incele" diyorum.

"Çıkıyordum" diyor.

"Çok önemli."

Küfrederek önlüğünü giyiyor, iki saat sonra, pulun arkasına arsenik sürüldüğü kanıtlanıyor.

"Tamam" diyor Komiser Cevat. "Cinayetin nasıl işlendiğini çözdük. Ama katil kim?"

"Bence terör örgütlerinin işi değil bu."

"Neden?" diye soruyor.

"Öyle olsaydı çoktan ilan etmişlerdi."

"İyi de soruma hâlâ cevap vermedin. Katil kim?"

"Savcının canını yaktığı biri. Bulmak için dava dosyalarına bakacağız."

"Siyasi Şube bunu günlerdir yapıyor."

"Onlar çöplükte topluiğne bulmaya çalışıyorlar. Oysa biz arsenikten anlayan, kuşlardan hoşlanan birini arayacağız."

Tam bir hafta sürüyor savcının açtığı davalara bakmak. Bir hafta, günde beş saat uykuyla yetinmek zorunda kalıyorum. Ama adamımızı bulamıyorum. Son dosyanın da kapağını kapadıktan sonra tam ümitsizliğe kapılmak üzereyken, aklıma başka bir olasılık geliyor. Ya davayı açan savcı değil de katilse! Yeniden dalıyorum mahkeme arşivinin karanlık koridorlarına. Sonunda aradığım dosyayı buluyorum.

On beş yıl önce Kerim Lokman adında bir eczacı dava açmış savcıya. Konu ne biliyor musunuz? Afrika papağanları. Kerim Bey'in dava dosyasında adresi de yazılı. Zengin biri olmalı, adres Yeniköy'de bir yalı.

Yalıda uzun boylu, kumral bir genç kız karşılıyor beni. Yüzündeki güzelliği gölgeleyen bir kederle ne istediğimi soruyor.

Kerim Bey'le görüşmek istediğimi söylüyorum. Genç kızın gözleri doluyor:

"Babam çok hasta, sizinle görüşmesi imkânsız."

"Üzüldüm" diyorum. "Ama onunla görüşmeliyim. Çok önemli."

Kızın beni terslemesini bekliyorum, yapmıyor, beni tepeden tırnağa süzerek, "Yoksa siz polis misiniz?" diyor.

"Evet" diyorum.

"Konu da Afrika papağanları" diye tahminde bulunuyor.

"Evet ama nasıl bildiniz?"

"Babam söyledi" diyor. "Sizi onunla görüştüreceğim. Tek ricam onu fazla yormamanız. Şöyle buyrun."

Birlikte uzun bir koridordan geçerek deniz gören bir yatak odasına giriyoruz. Kocaman yatakta, zayıf bir adam hareketsizce yatıyor. Kız adamın yanına yaklaşıyor, kulağına fısıldayarak bir şeyler söylüyor. Adamın kıpırdadığını görüyorum. Kız ona yardım ediyor. Adam yatakta doğruluyor. Gözlerini kısarak bana bakıyor. Kız eliyle işaret ederek yaklaşmamı istiyor. Yaklaşıyorum, adama elimi uzatıyorum. Ama adamcağızın elimi sıkacak hali yok.

Yatağın yanındaki koltuğa oturmamı söylüyor ancak benim duyabileceğim kadar kısık bir sesle. "Demek bizim Kerim Bey ölüm döşeğindeymiş" diye düşünerek koltuğa ilişiyorum.

Yaşlı adamın göğsü körük gibi inip kalkıyor ama sanki soluk alamıyormuş gibi ağzını yarı yarıya açarak geniş pencerenin dışındaki bahçeye bakıyor.

"Pencereyi açayım mı baba?" diye soruyor genç kız. "İstemem" diyerek başını sallıyor. "Rica etsem beyefendiyle bizi yalnız bırakır mısın?"

Kızcağız hiç alınganlık belirtisi göstermeden çıkıyor odadan.

Kerim Bey derin derin soluklandıktan sonra, "Sonunda beni buldunuz" diyor. Bunu söylerken kül rengine dönüşen yeşil gözlerinde çocuksu bir parıltı yanıp sönüyor. Sanki bir an acılarından kurtuluyor, bir an hasta olduğunu unutuyor.

"Adınızı bilmiyorum" diye sürdürüyor aynı kısık sesle. "Ama bunun önemi yok zaten. Beni bulduğunuza göre oldukça zeki biri olmalısınız..."

Sözleri ani bir öksürük nöbetiyle kesiliyor. Başucundaki komodinin üzerindeki sürahiden bir bardak su doldurup uzatıyorum ona. Bir yudum alıp bardağı bana uzatıyor.

"Fazla zamanım yok. Sözü uzatmayacağım" diyerek yeniden başlıyor anlatmaya:

"Evet, Savcı Saim Öztürk'ü ben öldürdüm. Savcıyla davamız on beş yıl öncesine dayanır. O yıllarda Londra'dan ülkeye kesin dönüş yapıyordum. Yanımda çok sevdiğim iki Afrika papağanım vardı. Girişte zorluk çıkarıp papağanlarımı sokmadılar. Devlet dairelerinde çok tanıdığım var. 'Nasıl olsa birilerini araya sokar alırım' diyerek kuşları gümrükte bırakmaya razı oldum. Bir hafta sonra da gerekli kişileri bulup kuşlarımı almaya gittim. Ama kuşlar yoktu. Sonradan öğrendiğimize göre, tamamıyla keyfi bir tutumla komiserin biri kuşları Savcı Bey'e hediye etmiş. Bunun üzerine savcıyı aradım. Durumu anlattım. Kuşların yumurtadan çıktıkları andan beri benimle birlikte olduklarını, onları çocuklarım gibi sevdiğimi belirttim. Gerekirse kendisine başka bir çift papağan bulabileceğimi bile söyledim. Ama savcı telefonu yüzüme kapadı. Ben de ona dava açtım. Ama Savcı Bey etkili oldu ve davayı kaybettim. Bu kadar büyük bir haksızlıkla ilk kez karşılaşıyordum. Daha sonra savcının kuşlarıma bakamadığını, bir yıl içinde ikisinin de öldüğünü öğrendim. Aslında savcıyı öldürmeyi o günlerde düşündüm.

Fakat korktum. Ailem, itibarım vardı. Ama adamdan nefret etmeyi sürdürdüm. Sık sık olaylarda adı geçtiği için de hiç aklımdan çıkmıyordu. Geçen yıl kan kanseri olduğumu öğrendim. Şoku atlatır atlatmaz ilk aklıma gelen şey savcıyı öldürmek oldu. Doktorlar yaklaşık bir yıl ömür biçmişlerdi bana. Planımı ona göre yaptım. Artık beni tespit etmeniz oldukça zordu. Ama bunu başaran insana gerçeği seve seve açıklayacaktım. Ayrıca eğer kuşları seven biriyse ona bir çift Afrika papağanı hediye etmeyi de düşündüm."

Yaşlı adamın gözlerinde yine o çocuksu parıltı beliriyor: "Kuşlarla aranız nasıl?" diye soruyor.

"Uğruna cinayet işleyecek kadar olmasa bile çok severim" diyorum.

"O halde size bir çift Afrika papağanı hediye edebilirim."

"Memnun olurum" diyorum.

Gülümsemeye çalışıyor ama başaramıyor. Gözlerini yüzüme dikerek, "Beni tutuklamayacaksınız herhalde" diyor.

"Sanmıyorum" diyorum, kalkmaya hazırlanırken. "Bu boşuna çaba olur."

Çalınan Ceset

Kuzguncuk'ta eski yalının girişindeki akasya ağacının altında durup etrafa göz atıyorum. Bakışlarım, sonbahar sabahını güzelleştiren iri güllerin, ağırbaşlı kasımpatıların, uyuklayan akşamsefalarının üzerinde üzüntüyle geziniyor. Yıllar öncesinden kalma bir görüntü beliriyor gözlerimin önünde: Rahmetli Latife Teyze hafifçe kamburlaşmış belinin ağrılarına aldırmadan çiçeklerin üzerine eğilmiş, kurumuş yaprakları koparıyor, toprağı tazeliyor. Derinden bir iç geçirerek kapıya yürüyorum.

Kapıyı İdil açıyor. Dudaklarında içten bir gülümseme var ama yüzü hâlâ gölgeli.

"Hoş geldin Nevzat Amca" diyerek içeri buyur ediyor beni. Ön taraftaki terasa geçene kadar bir şey konuşmuyoruz. Terasta kahvaltı masası her zamanki yerine kurulmuş. Az mı kahvaltı ettim bu evde. Beni gören Memduh ile eşi Nermin saygıyla ayağa kalkıp elimi sıkıyorlar. Denize bakan bir iskemleye yerleşiyorum.

"Kahvaltı için özel bir şey ister misin Nevzat Abi?" diye soruyor Memduh kibarca.

"Karnım tok" diyorum, "Ama sade bir kahveye hayır demem."

Hizmetçi benim kahve için mutfağa yollanırken, "Seni de buraya kadar yorduk, kusura bakma Nevzat Amca" diyor İdil ezik bir tavırla.

"Bak böyle konuşursan bozuşuruz" diyorum, gözlerimi sakin sakin akan mavi sulardan alarak. "Eee anlatın bakalım. Nedir sizi üzüntüye boğan iş?"

"Annemin cesedi çalındı" diyor Memduh damdan düşercesine.

"Ne?" diyorum şaşkınlıkla. "Ne zaman?"

"Ne zaman olduğunu bilmiyoruz" diyerek İdil giriyor lafa. "Dün öğleden sonra farkına vardık. Duymuşsundur, babam çok sevdiği annesine projesini benim çizdiğim bir mezar yaptırmak istiyordu. Onun bu teklifini seve seve kabul ettim. Birkaç gündür bir ustayla çalışıyoruz. Dün usta aradı. 'Ölünüz çalınmış' dedi. Ölçü almak için mezara gitmiş. Mezarın yeniden kazıldığından kuşkulanmış. Durumu mezarlıktaki yetkililere bildirmiş. Mezarı açmışlar ve cesedin olmadığını görmüşler. Önce inanmadım ustanın söylediklerine, atlayıp mezarlığa gittim. Mezar gerçekten de boştu. Babaannemin ölüsü çalınmıştı..."

İdil anlatmakta zorlanıyor, gözlerinin dolduğunu görüyorum.

"İdil bana telefon etti" diyerek Memduh başlıyor anlatmaya. "Ben de Mezarlıklar Müdürlüğü'nü aradım. Önce atlatmaya kalktılar, onları mahkemeye vereceğimi söyleyince özür dilediler. Bu tür olayların olduğunu, önüne geçemediklerini söylediler. Ne yapacağımızı bilemedik. Amerika'yı, Sezai Abimi aradım. O da çok üzüldü. 'Keşke cenazeden sonra birkaç gün daha Türkiye'de kalsaydım' diye yazıklandı. İkili görüşmeler olmasa uçağa atlayıp gelecek ama bilirsin devlet işleri... Sonra seni aramamı söyledi..."

"Merak etmeyin" diyorum yatıştırmak için, "Onları bulacağız."

"Anlayamadığım" diyor Nermin Hanım, "Bir ölüyü neden çalarlar ki?"

"Kadavra olarak hastanelere satmak için" diyorum.

"Aman Allahım" diyor kadıncağız.

"Merak etmeyin" diyorum, "Buna izin vermeyeceğiz."

Sonra cep telefonumu çıkarıp yardımcım Ali'nin numarasını çeviriyorum.

"Alo" diyor Ali. "Amirim siz misiniz?"

"Evet, benim. Şimdi iyi dinle. Eyüp Mezarlığı'ndan bir ceset çalınmış. Civardaki hastanelere git. Yeni gelen kadavra var mı, kim kadavra getiriyor, bir soruştur. Merkezde buluşuruz."

Köşkten İdil uğurluyor beni. Kapıdan çıkarken tanıdık bir yüz beliriyor karşımda. Emektar dadı Hasibe Hanım. Ama nedense gözlerindeki parıltılar hiç de dostça değil.

"Bununla birlikte mi işlediniz cinayeti?" diye soruyor İdil'e, başıyla beni göstererek.

İdil'in yüzü kıpkırmızı oluyor.

"O ne biçim söz Hasibe Dadı. Nevzat Amca'yı tanımadın mı?"

Yaşlı kadın duraksıyor, gözlerini yüzüme dikerek hatırlamaya çalışıyor.

"Ben Nevzat, Sezai'nin arkadaşı. Hani senin gül reçellerine musallat olan Nevzat."

Bakışları yumuşuyor:

"Ah Nevzat Bey oğlum, siz misiniz? Kusura bakmayın, sizi onlardan biri sandım."

"Onlar da kim?"

Kötü gözlerle İdil'i süzdükten sonra, kolumdan tutarak bir köşeye çekiyor beni:

"Gel, sana söyleyeceklerim var."

Biraz yaşlı kadını kıramadığımdan ama daha çok merakımdan peşi sıra yürüyorum. Utanç-kaygı karışımı gözlerle beni izleyen İdil'e, "her şey yolunda" gibilerden işaretler yapıyorum. O da boynunu bükerek durumu kabullendiğini gösteriyor.

"Bu kıza dikkat et" diyor başıyla İdil'i göstererek. "O bir katil."

"Anlayamadım" diyorum. "Yani İdil'in cinayet işlediğini mi söylüyorsun?"

"Evet, aynen öyle" diyor, derin çizgilere boğulmuş yüzünde öfkeyle parlayan gözlerini yüzüme dikerek. "İdil babaannesini, Latife Hanım'ı öldürdü."

"Bakın Hasibe Hanım, bu çok ciddi bir iddia. Bundan emin misin?"

"Eminim. Latife Hanım iki gece önce rüyamda söyledi bana."

Kendimi tutamayarak gülmeye başlıyorum:

"İlahi Hasibe Hanım, hiç rüyanızda söylediler diye bir insan katil olmakla suçlanır mı?"

"Rüya gerçek çıkarsa suçlanır" diyerek anlatmaya başlıyor:

"Rüyamda Latife Hanım'ın mezarının başındaydım. Birden mezar açıldı, Latife Hanım kefenini sıyırıp dışarı çıktı.

'Sen ölüsün, o mezardan çıkamazsın' dedim.

Her zaman yaptığı gibi elimi tuttu:

'Ölü olduğumu biliyorum Hasibeciğim' dedi. 'Ama katilim yakalanmadan ben bu mezarda rahat yatamam.'

'Katil kim?' diye sordum.

'Torunum İdil' dedi. 'O yakalanmadan bu mezar bana haram.'

Kan ter içinde uyandım uykudan. Bir gün sonra da Latife Hanım'ın mezarının boş olduğu haberi geldi."

"Rastlantı" diyorum.

"Peki, o gece Latife Hanım'a sütünü İdil'in götürmesi de mi rastlantı?"

"Neden götürmesin? Babaannesini çok severdi."

"Her zaman ben götürürdüm. Üstelik Latife Hanım o gece öldü."

"Yapmayın!" diyorum, "İdil neden öldürsün babaannesini?"

"Çünkü Latife Hanım horluyordu" diye saçmalamaya başlıyor. "İdil horlamadan rahatsız olurdu. Bu yüzden..."

Zavallı kadın aklını kaçırmış diye düşünürken, o birden konuşmasını keserek koridorun sonuna bakıyor... Ben de bakınca Memduh'u görüyorum. Yaşlı kadın telaşlanıyor:

"Bu kız çok tehlikeli, onu tutuklayın. Yoksa beni de öldürecek" diyerek uzaklaşıyor.

"Umarım seni rahatsız etmemiştir" diyor İdil'le birlikte yanıma gelen Memduh. "Çok yaşlandı. Annemin ölümünden sonra iyice bunadı."

"Sana ne söyledi?" diye atılıyor İdil, meraklı gözlerini yüzüme dikerek.

"Latife Teyze'yi senin öldürdüğünü" diyorum inanmadığımı gösteren alaycı bir sesle.

"Onu bir hastaneye ya da huzurevine yatırmalıyız" diyor İdil öfkeyle amcasına dönerek.

"Haklısın" diyor Memduh düşünceli bir tavırla. "Onu evden uzaklaştırmalıyız."

Merkeze öğleüzeri varıyorum. Ali erken gelmiş. Beni görür görmez raporu veriyor:

"Bütün hastanelere baktım. Bir haftadır yeni kadavra gelmemiş Amirim. En son gittiğim hastanenin başhekimine onlara kadavra satan kişileri nasıl bulacağımı sordum. Bulamazsın, dedi. Adamlar ceset getirecekleri zaman telefon ediyorlarmış. Birkaç saat içinde de malı teslim ederek paralarını alıp tüyüyorlarmış. Ama başhekim, adamların yakında gelebileceklerini söyledi. Adamlar telefon edince bizi haberdar edecek..."

"Yani bekleyeceğiz."

"Başka çaremiz yok" diyor Ali. "Ama aklımı kurcalayan bir şey var."

"Çıkar bakalım dilinin altındaki baklayı" diyorum.

"Konuştuğum başhekim, daha çok kimsesiz ölüleri getirdiklerini söyledi. Varlıklı bir kadının cesedini çalmaya cesaret etmeleri zormuş... Bu işin altında başka bir iş olmasın?"

"Şantaj mı?" diye mırıldanıyorum. "Cesede karşılık para mı isteyecekler?"

"Sanmıyorum" diyor. "Öyle olsaydı, şimdiye çoktan ararlardı aileyi... Siz daha iyi bilirsiniz ama Latife Hanım'ın ölümü bir cinayet olmasın. Otopsi yapılmasını istemeyen biri..."

Hasibe Hanım'ın söyledikleri geliyor aklıma ama hemen kovuyorum bu düşünceleri.

"Saçma. Latife Teyze'yi niye öldürsünler ki?"
"Kim bilir. Belki miras. Kadın varlıklı."
"Sanmıyorum" diye tekrarlıyorum ama içime bir kurt düşmesini de engelleyemiyorum.

Akşamüzeri Sezai ile ortak dostumuz olan aile avukatı Nesim'e uğruyorum. "Vasiyet var mı?" diye soruyorum. Olmadığını söylüyor. Latife Teyze'nin tüm mirası Sezai ile Memduh arasında bölüşülecekmiş. Bu bilgi, Ali'nin kuşkularının yersiz olduğunu gösteriyor. İçim rahatlamış olarak ayrılıyorum Nesim'den. Artık yapılacak tek şey, mezar hırsızlarının ortaya çıkmasını beklemek.

Allahtan fazla bekletmiyorlar bizi. Ertesi gün akşama doğru başhekim arıyor. Bu gece adamların bir teslimat yapacaklarını söylüyor. "Şansımız varsa yapacakları teslimat Latife Teyze'nin cesedidir" diye düşünüyorum. Bir saat sonra İdil arıyor. Bir gelişme olup olmadığını soruyor. Mezar farelerini tespit ettiğimizi, bu gece enseleyeceğimizi anlatıyorum. Seviniyor.

Hava kararmadan hastanede tertibat alıyoruz. Bir doktor gömleği giyerek bizzat ben yönetiyorum operasyonu. Mezar fareleri saat on birde, eski bir minibüsle arka kapıdan giriyorlar hastaneye. Minibüste iki kişi olduğunu bildiriyor telsizle Ali. Minibüs morgun önünde durur durmaz kıskıvrak ele geçiriyoruz herifleri. Hemen minibüse atlıyorum. Arkada mavi naylona sarılmış bir ceset var. Umutla açıyorum kalın naylonu. Ama ne yazık ki içindeki ölü Latife Teyze değil, yüzünün yarısı parçalanmış genç bir delikanlı. Yine de yitirmiyorum umudumu. Ne de olsa mezar farelerini ele geçirdik. Ama onları gören başhekim, "Bizimle irtibatı kuran kişi yok bunların arasında" diyor. "Asıl onu yakalamalıydınız."

"Onu da ele geçiririz" diyorum. "Ne de olsa ipin ucunu yakaladık bir kere."

Merkezde hemen sorguya alıyoruz herifleri. İkisinin de dosyaları kabarık; adam yaralamak, hırsızlık, ne ararsanız var. Önce inkâr etmeye kalkıyorlar. Ama biraz sıkıştırınca bülbül gibi şakıyorlar. Elebaşlarının Durdu adında eski bir mezar kazıcısı olduğunu, Zeytinburnu'nda ikamet ettiğini söylüyorlar. Onlara Latife Teyze'nin cesedini soruyorum.

"Bir şey bilmiyoruz" diyorlar ama genç olanının heyecanlandığını fark ediyorum.

"Bu işi sen yapmışsın" diyorum şansımı deneyerek. "Mezarlıktaki bekçi görmüş."

"Valla ben yapmadım abi" diyor. "Ben o akşam hasta anamın yanındaydım."

"Kim yaptı peki?"

Duraksıyor çocuk. Bu durumu Ali de fark etmiş, "Söylemezsen iş senin üzerine kalır" diye üsteliyor, gözlerinin içine bakarak.

"Kimin yaptığını bilmiyorum" diyor, korkuyla. "Ama Durdu Abi'nin, bir ölü çalmaktan söz ettiğini duydum. 'Kıyak iş' diyordu, 'Bir mezar açacağım, dünyanın parasını kazanacağım.'"

"Latife Hanım'ın mezarını mı açacakmış?"

"Kadın adı geçmedi. Ama açılacak mezar Eyüp'teymiş, onu duydum."

"Latife Hanım'ın mezarı da Eyüp'teydi" diye mırıldanıyorum.

"Ben size söylemiştim Amirim" dercesine bakıyor Ali yüzüme. Haklı ama yine de canımı sıkıyor bakışları. Üstelik işin aslını öğrenmek için önce Durdu'yu yakalamamız gerek.

O akşam basıyoruz Zeytinburnu'ndaki evi ama Durdu yok. Babası Hayri'yi buluyoruz. Dut gibi sarhoş. Komşuları onu ayık görmediklerini söylüyorlar. Bir zamanlar ölü yıkayıcısıymış. Karısı onu bir marangoz için genç yaşta terk edince oğluyla baş başa kalmış. O da tesselliyi alkolde bulmuş. Çocuk da mezar soyguncusu olmuş çıkmış. Oğlunu soruyoruz. Eve gelmediğini söylüyor. Sivil bir ekip bırakıp ayrılıyoruz Zeytinburnu'ndan.

Gece yatakta dönüp duruyorum. Durdu'yu kim kiralamış olabilir? Hasibe Hanım'ın söyledikleri geliyor aklıma.

Kadın bunamış, onu ne kadar ciddiye alabilirim ki? Üstelik İdil neden babaannesini öldürsün? Gerçi Sezai, kızının işlerinin yolunda olmadığını söylemişti. Bu yüzden iki ay önce yalıya taşınmış. Bir mimarlık şirketi kurmak için de babasından yüklüce bir para istemiş. Ama bir devlet memurunda o kadar para ne gezer? Babaanneden kalacak miras işini görürdü. Ama İdil bunun için cinayet işler mi?

Sabah, Ali'nin şok haberiyle uyanıyorum:

"Durdu ölü bulundu Amirim."

"Nerede?" diye soruyorum.

"Bağcılar'da, patika bir yolda. Görgü tanıkları bir cipin çarpıp kaçtığını söylüyorlar..."

"Cip mi?"

Hemen İdil'in külüstür Land Rover'ı geliyor aklıma.

"Ben yalıya gideceğim" diyorum, Ali'ye. "Sen bir yere ayrılma, ihtiyacım olabilir."

İdil'in cipi yalının önünde duruyor. Cipin tamponunda kahverengimsi bir leke var, dikkatle bakınca kan olduğunu anlıyorum. Okkalı bir küfür savurarak cipin tekerine bir tekme indiriyorum. Sezai'ye annesini öldüren kişinin kızı olduğunu nasıl anlatırım ben?

Telefonla Ali'yi arayıp buraya acele bir teknik ekip yollamasını söyledikten sonra yalıya giriyorum. Ama İdil de, Memduh da yalıda yok.

"Miras işleri için Nesim'in bürosuna gittiler" diyor Nermin Hanım.

Burada beklemenin bir anlamı yok. "Dönünce beni arasınlar" diyerek ayrılıyorum yalıdan.

Merkeze dönünce Nesim'i arıyorum. Sekreter kız, üçünün birlikte çıktıklarını söylüyor.

"İdil'i sorgulamamız gerek" diyor Ali.

"Şu kan tahlili gelsin de" diyorum, sonucun ne çıkacağını adım gibi bilmeme karşın.

"Sezai yakın arkadaşınız mı Amirim?" diye soruyor Ali, içten bir tavırla.

"Öyleydi" diye geçiştiriyorum.

Telefon çalıyor, İdil sanarak açıyorum. Yanılmışım, kapıdaki memurmuş:

"Hayri adında biri sizi görmek istiyor Amirim. Durdu adındaki şahsın babasıymış."

"Durdu'nun babası mı?" diyorum gözlerimi Ali'ye dikerek. "Hemen yukarı gönderin."

Hayri yıkılmış bir halde giriyor içeriye. Giysileri, soluğu hâlâ alkol kokuyor. Akşamdan beri hiç uyumadığı belli. Ayakta durmakta zorlanıyor, onu bir iskemleye oturtuyoruz.

"Oğlumu, Durdum'u öldürdüler" diyor.

"Nerden biliyorsun?" diyorum.

Kir pas içindeki ceketinin cebinden beş milyonluklardan oluşan iki demet çıkarıyor.

"Bunları yatağının altında buldum" diye açıklıyor.

"Bunları kimden aldığını biliyor musun?"

"Zengin bir adamdan söz ediyordu. Bir ölünün mezarını değiştireceklermiş..."

"Bir adam mı?" diye mırıldanıyorum.

"Adam olduğuna emin misin?" diye soruyor Ali.

"Eminim, Durdu öyle söyledi. Çok para verecekmiş adam ona."

Ali'nin gözleri Hayri'nin elinde tuttuğu para destelerine kayıyor.

"Şunlara bakabilir miyim?" diye soruyor.

Adam paraları uzatıyor. Ali desteleri ortadan tutan kâğıt banda baktıktan sonra:

"Memduh ne iş yapıyordu Amirim?"

"Demir ticaretiyle uğraşıyor. Perşembe Pazarı'nda" deyince, Ali dudaklarında tuhaf bir gülümsemeyle, bandın üzerindeki kaşeyi gösteriyor. Kaşede "T. İş Bankası Perşembe Pazarı Şubesi" yazıyor. Altında bir de tarih var.

"Memduh mu?" diye soruyorum, Ali'ye mi yoksa kendime mi olduğunu bilmeden.

"Olabilir" diyor Ali. "Belki de İdil ile Memduh birlikte işlediler cinayeti."

"Artık bunu anlamak kolay" diyorum. "Hemen Perşembe

Pazarı'ndaki İş Bankası'na git. Sor bakalım, Memduh'un hesabı var mı? Para destelerinin üzerinde yazılan tarihte para çekmiş mi? Esnafı da bir araştır. Memduh'un ticari durumu nasılmış."

Ali ayaklanırken Hayri'ye dönüyorum:

"Sen de biraz konuğumuz olacaksın."

"Yoksa beni tutuklayacak mısınız?" diyor korku dolu gözlerini iri iri açarak.

"Hayır" diyorum. "Oğlunun katilini yakalayacağız. Sen de bize yardım edeceksin."

Bir saat sonra Memduh beni arıyor. Ona, bir adamın telefon ettiğini, cesedin kaybolması ile dün gece ölü bulunan mezar hırsızı Durdu arasında bir bağlantı olduğunu, yakında daha ayrıntılı açıklamalarda bulunacağını söylüyorum. "Beklememiz gerek" diyorum. Memduh'un sesindeki heyecan hissedilmeyecek gibi değil.

Ali Perşembe Pazarı'ndan işimize yarayacak bilgilerle dönüyor. O gün bankadan parayı Memduh çekmiş. Piyasadaki durumu son zamanlarda çok kötülemiş. Yakasını tefecilere kaptırmış, çek senet mafyasından sürekli tehditler alıyormuş.

"Zavallı Latife Teyze demek öz oğlu tarafından öldürülmüş" diye düşünüyorum üzüntüyle ama üzülmekle kaybedecek vaktimiz yok. Hayri'yi yukarı alıp köşkü arıyoruz. Hayri öğrettiğimiz gibi Memduh'la konuşuyor. Ona Durdu'nun babası olduğunu, annesini gömdükleri mezarın yerini bildiğini, eğer yarına kadar on milyar getirmezse polise gideceğini söylüyor.

Memduh dikkatle dinledikten sonra saldırganlaşıyor. Hayri'yi öldürmekle, tutuklatmakla tehdit ediyor. Ama Hayri rolünü eksiksiz oynuyor, hiç gerilemeden, eğer yarına kadar on milyar bulmazsa mezarı polise göstereceğini söyleyerek kapatıyor telefonu.

"Memduh'un bu gece mezarlığa geleceğinden emin misiniz Amirim?" diye soruyor Ali.

"Gelecek" diyorum, "Cesedin yerini değiştirmek on milyar vermekten daha kârlıdır."

O gece tam kadro Eyüp Mezarlığı'ndayız. Tarihi mezarlığın serin havasını ciğerlerimize çekerek bekliyoruz. Akşamdan beri yalının önünde pusuya yatan Ali'nin Memduh'un yola çıktığını haber vermesinden bu yana bütün ekip tetikteyiz. Cızırdamaya başlayan telsizden, "Hedef mezarlığa yaklaşıyor Amirim, tamam" diyen Ali'nin sesini duyunca başlıyoruz.

"Mezarı bulmadan ortaya çıkmak yok" diyerek son kez uyarıyorum çocukları.

Soluğumuzu tutarak bekliyoruz, on dakika sonra mezarlığın dar yolunda Memduh'un silueti görünüyor. Elinde bir çanta var. Saklandığım mezar taşının iki metre ötesinden geçerek bir mezarın önünde duruyor. Çantayı açıp içinden portatif bir kazma ile kürek çıkarıyor. Mezarı kazmaya başlıyor. Daha fazla beklemenin anlamı yok.

"Kolay gelsin" diye yaklaşıyorum. "Bakıyorum da bulmuşsun annenin ölüsünü."

Sesimi duyan Memduh panik içinde dönüyor. Aynı anda ekiptekiler el fenerlerini yüzüne tutuyorlar. Karanlıkta bir anne katilinin korku ve utançla gerilmiş yüzü parıldıyor.

Memduh'un eksik bıraktığı kazı işini bizim çocuklar tamamlayarak Latife Teyze'nin cesedini çıkarıyorlar. Yapılan otopsi yaşlı kadının zehirlenerek öldürüldüğünü kanıtlıyor. Memduh da suçunu saklamıyor zaten.

"Ticari yönden zor durumdaydım. Annemden yardım istedim ama, 'Artık tek başına ayakta kalmayı öğren' diyerek reddetti. Eğer parayı bulamasaydım mafya beni öldürecek, çocuklarım babasız kalacaktı. Annemi bu yüzden öldürdüm. İdil'in olayla hiçbir ilgisi yok. Ama cesedin çalındığı anlaşılınca, suçlayacak birini aramaya başladım. Hasibe Hanım'ın gördüğü rüya bu kişinin İdil olabileceğini gösterdi bana. Böylece kuşkuları İdil'in üzerinde toplamaya çalıştım. Durdu korkup da beni arayınca, İdil'den habersiz cipini alarak onu ezdim. Eğer kanıt bulunursa izlerin İdil'de toplanmasını istiyordum. Çok üzgünüm ama başka çarem de yoktu."

Arsadaki Bacak

Kent merkezinden kilometrelerce uzakta, birbirinin aynı gecekonduların yan yana sıralandığı varoşlardan birindeyiz. Cepheleri sıvasız, badanasız briket evler ve inşaat halindeki arsalarla çevrili toprak yolda ilerlerken Ali eliyle ilerdeki ağaçlıklı tepeliği göstererek, "İşte şurası Amirim" diyor. "Bacağı şu çam ağaçlarının altında bulmuşlar."
"Toprağa gömülü değil miymiş?" diye soruyorum gözlerimi yeniden yola çevirirken.
"Gömülüymüş, köpekler eşeleyip çıkarmış olmalı."
"Karakola haber veren kim?"
"Bacağı bulan çocuklardan birinin babası."
"Gülsüm'ün evinin yakıldığını söyleyen de mi o?"
"Hayır. Yangın haberini telefonla bildirmişler. Telefon eden kişi, Gülsüm'ün yangında ölmüş olabileceğini, işin sorumlusunun da muhtar olduğunu söylemiş."
Toprak yol birden düzeliyor. Birkaç metre sonra da asfalta çıkıyoruz. Şimdi küçük bir mahalle meydanındayız. Bir eczane, aynı zamanda kaset de satan bir berber, tezgâhında rengârenk meyvelerin sergilendiği manav, kapısında yaşlı iki köpeğin uyukladığı kasap, büyükçe bir kahvehane, bakkal-market karışımı bir dükkân, pek de geniş olmayan bu meydanda karşılıklı sıralanıyor. Üstündeki kan lekeleriyle bezenmiş beyaz bir önlükten kasap olduğunu anladığımız adamın önünde durduruyorum arabayı.

"Muhtar'ın bürosunu arıyoruz" diyor Ali, merakla bize bakan adama.

"Ne yapacaksınız Muhtar'ı?" diye soruyor kasap, hiç de dost olmayan bakışlarla.

"Biz polisiz."

Kasabın rengi atıyor:

"Şu bulunan bacak için mi?"

"Ne biliyorsun bulunan bacak hakkında?"

"Bir şey bilmiyorum" diyor manalı bir ses tonuyla. "Ama Muhtar'a sorun, o size anlatır. Burada sinek vızıldasa onun haberi olur."

"Peki" diyor Ali, "Nerede Muhtar'ın yeri?"

Kasap, bıçağı tutan eliyle aşağıdaki sokağın başını gösteriyor.

"Muhtar'ın yeri orda. İkinci dükkân. Birinci dükkân da onların. Komisyonculuk yapıyorlar. Oğlu Yiğit çalıştırıyor; toprağı parselleyip parselleyip satıyorlar."

Muhtar'ın bürosunda kimsecikler yok. Ön cephesine satılık arsa ilanları yapıştırılmış, yandaki komisyoncuya giriyoruz. Ahşap masada, sağ eli beyaz merhemle kaplanmış bir genç oturuyor. Yer yer kabarmış derinin altında pembe eti görünüyor. Bu, Muhtar'ın oğlu olmalı. Kasabın aksine gülümseyen bakışlarla karşılıyor bizi.

"Muhtar'ı arıyoruz."

"Arsa meselesi için gelmiş olacaksınız" diyor. "Babam evde, hemen çağırayım."

Hiç bozuntuya vermiyoruz. Delikanlı kapıya yönelirken soruyorum:

"Eline ne oldu senin?"

"Hiç" diyor dükkândan çıkarken. "Yandı."

"Yanmış" diyorum Ali'ye dönerek.

Yardımcımın alnı kırışıyor ama ne düşündüğünü söylemiyor. Merakla masanın üzerindeki paftaya eğiliyor:

"Şuraya bakın Amirim, dağı taşı arsa yapmışlar" diyor dalgın bir ifadeyle.

Ali'nin eğildiği paftadaki parsel parsel bölünmüş toprağa bakıyorum. Ona yanıt vermediğimi gören Ali kendi kendine konuşmayı sürdürüyor.

"Muhtar'a gelmekle doğru yaptık galiba Amirim" diyor. "Şu kesik bacağın arsa rantıyla ilgisi varmış gibi geliyor bana."

Az sonra, yüzünde yılışık bir gülümsemeyle elli yaşlarında bir adam görünüyor kapıda:

"Hoş gelmişsiniz, kusura bakmayın, sizi beklettim" diyerek bir çırpıda sıralayıveriyor sözcükleri. "Arsayı gördünüz, beğendiniz mi?"

"Arsayla falan ilgilimiz yok" diyorum kimliğimi göstererek.
"Biz polisiz. Şu bulunan bacak meselesini soruşturuyoruz."

Muhtar bir an ne diyeceğini bilemiyor ama kendini çabuk toparlıyor:

"O zaman buyrun benim büroya geçelim."

Bürosuna geçiyoruz. Biz koltuklara otururken, "Kahveleri nasıl içerdik?" diye soruyor, yılışık gülümsemesini sürdürerek.

"Sağ olun" diyorum asık bir suratla. "Kahve içecek vaktimiz yok... Öncelikle Gülsüm'ün evinden başlayalım. Ev nasıl yandı, anlatır mısınız?"

"Siz bacağı soruşturmuyor musunuz? Gülsüm'le ne ilgisi var bacağın?"

"Her şey birbiriyle ilgilidir" diye atılıyor Ali. "Siz sorulanlara cevap verin yeter."

İkimizin de ciddi olduğunu anlayan Muhtar, "Tamam canım, kızmayın hemen" diyerek başlıyor anlatmaya:

"Biz, Gülsüm'ü namuslu bir kadın sanmıştık. Ama anladık ki kadın yolluymuş. Her gece evinin önünde bir araba, içerde şarkılar, türküler... Geceyarıları sarhoşlar nara atıp dolaşıyor. Millet rahatsız oldu tabii. Ben de gidip bu kadınla konuştum. Konuşurken yanında kocası mı, affedersiniz, pezevengi mi ne, o iriyarı Gıyas denen herif de var. 'Ya edebinizle oturun ya da mahalleyi terk edin' dedim. Gıyas Efendi diklendi, 'Sen de kim oluyorsun' diyerek üstüme yürümeye kalktı. Allahtan yanımda bizim Yiğit vardı da fazlasına cesaret edemedi. Neyse, ben de durumu mahalleliye bildirdim. Mahalleli çok kızdı. Ama ben, 'Mahkemeye gidelim' diyerek mahalleliyi yatıştırdım. Her şey normale dönmüştü ki bir geceyarısı, daha önce Gülsüm'le oynaşmış üç adam geldi. Evinin önünde tam iki şarjör kurşun yaktılar. 'Dışarı çık ulan kahpe' diye uludular. Ama kimse dışarı çıkmadı. Adamlar da pencerelerden içeriye benzin dökerek evi yaktılar."

"Peki aklınıza karakola haber vermek gelmedi mi?"

"Herkes can korkusuna düşmüştü. Adamlar gidince de yangını söndürmeye çalıştık."

"Gülsüm'ün cesedini ne yaptınız?"

"Ne cesedi... Ceset filan bulamadık... O gece evde kimse yokmuş."

"Biz öyle duymadık ama" diyorum gözlerimi Muhtar'a dikerek. "Gülsüm'ün evini sen yakmışsın. Üstelik fahişelik yaptığı için değil, evine el koymak için. Kadın da dumandan boğulmuş. Bunun üzerine cesedini parçalayıp değişik yerlere gömmüşsün."

"Yalan" diye bağırıyor Muhtar, "Ben böyle bir şey yapmadım."

"Kasap öyle söylemiyor ama" diyor Ali.

"Demek o dümbük söyledi" diye mırıldanıyor Muhtar başını sallayarak.

"Kasabın söylemesine gerek yok. Herkes biliyor böyle olduğunu."

"O söylemiştir, o söylemiştir. Karısı bırakıp kaçtı ya, adam kinini bizden çıkarıyor."

"Nereye kaçtı?" diye soruyor Ali.

"Bilmiyoruz ki. Bu kasap erkeklik görevini yerine getiremiyormuş. Kadın da mahallede bir oynaş tutmuş kendine. Kasap bunu öğrenince her gece kadını dövmeye başladı. Ama bir haftadır kadın ortalıkta görünmüyor. Kasap, annesinin evine döndüğünü söylemiş ama kadının kimi kimsesi yok. Sizin anlayacağınız, kadın oynaşıyla kaçmış..."

"Neyse" diyerek araya giriyorum, "Bırakın şimdi kasabın karısını. Sen anlat bakalım, ne yaptınız Gülsüm'ün cesedini?"

"Yapmayın" diye yalvarıyor Muhtar. "Allahtan korkun. Ben kimseyi öldürmedim."

"Ama evi yaktın" diye üsteliyor Ali.

"Evi de yakmadım" diyor ama sesi önceki kadar inandırıcı değil.

"Oğlunun eli çorba pişirirken mi yandı?"

Bir an duraksıyor sonra hemen yanıtı yetiştiriyor:

"Yangını söndürürken, valla billa yangını söndürürken oldu."

"Peki Gülsüm nerede?"

"Ne bileyim? Onu bilse bilse pezevengi Parlak Gıyas bilir."

"Nerede buluruz Gıyas'ı?"

"Şirinevler'de bir evi daha varmış. Ama adresini bilmiyorum" diyor, sonra duraksıyor: "Belki karakoldakiler bilirler. Gülsüm'e gelenler arasında polisler de vardı."

Ali bana dönüyor:

"Ne dersiniz Amirim, sorayım mı telsizden? Şirinevler Karakolu'nda bizim Ragıp var."

"İyi olur. Bakalım tanıyorlar mıymış Gıyas'ı?"

Ali arabaya yollanırken Muhtar'ın oğlu Yiğit'in kapıda durmuş bizi dinlediğini fark ediyorum. Ona baktığımı görünce, "Bence yanlış yoldasınız Amirim" diyor. "O bacak kasabın karısı Makbule'nin."

"Öyle mi?" diyorum abartılı bir şaşkınlıkla. "Nereden biliyorsun?"

"Bunu bilmeyecek ne var" diyor içeri girerek. "Kasabın karısı bir haftadır ortalıkta yok. Kadını öldürüp parçalasa kimsenin ruhu bile duymaz. Adamın dükkânı zaten kan içinde..."

Anlatırken yüzünü inceliyorum, bebek yüzlü, kadınların hoşlanacağı tiplerden.

"Peki kadının sevgilisi kim biliyor musunuz?" diye soruyorum.

Delikanlının yüzü gerilir gibi oluyor. Ondan önce babası atılıyor:

"Bilmiyoruz. Kim bilir kimin nesidir?"

Ali'nin içeri girmesiyle bölünüyor konuşmamız.

"Gıyas'ı tanıyorlar Amirim. Birahane-randevuevi karışımı bir yere takılıyormuş."

"O halde hemen gidelim" diyerek ayaklanıyorum.

O gece basıyoruz Köşk Birahanesi adı altında fuhuş yapılan yeri. Şanslıyız, Gıyas'ı bulduğumuz gibi, Gülsüm'ü de tek parça halinde ele geçiriyoruz. Evini Muhtar'ın yaktığını söylüyor kadın. "Sizi yeniden burada görürsem öldürürüm" diyerek tehdit de etmiş adam onları. Bu yüzden bir daha mahalleye uğramamışlar. Muhtar'dan çok korkuyorlar. "Hemşerileriyle bütün mahalleyi ellerine geçirdiler" diye dert yanıyor Gıyas. Ama bizim konumuz arsa spekülasyonu değil, cinayet.

Ertesi gün yine mahallede alıyoruz soluğu. Bizi erkenden karşısında gören kasap, "Buldunuz mu Gülsüm'ün cesedini?" diye soruyor merak ve kuşku karışımı bir ifadeyle.

"Cesedini değil, kendisini bulduk" diye açıklıyor Ali. "Hem de sapasağlam."

"Gülsüm'ü bırakalım da şu senin hanımından bahsedelim biraz" diyerek yaklaşıyorum tezgâhın arkasında kocaman bir budu elinde tutmakta olan kasaba.

"Ne olmuş benim hanıma?" diye soruyor adam gergin bir tavırla.

"Bir haftadır ortalıkta görünmüyormuş."

"Gitti. Şiddetli bir kavga ettik. Ertesi gün gitti."

"Nereye gitti?"

"Bilmiyorum. Kimi kimsesi yoktur. Nereye gider, kimde kalır, kestirmek zor."

"Dükkânında küçük bir arama yapabilir miyiz?" diye soruyorum.

"Benden mi şüpheleniyorsunuz?" diyerek elindeki budu öfkeyle önündeki tezgâha atıyor. "Ben karımı öldürmedim. Kaçtı gitti işte. Bunda benim ne suçum var?"

"Suçun yoksa aramamıza izin verirsin" diyorum otoriter ama içten bir tavırla.

"Benim saklayacak hiçbir şeyim yok. Arayabilirsiniz, buyrun her yere bakın."

"Sağ ol" diyerek hemen arkadaki büyük buzdolabına yöneliyoruz. Gergin bir ifadeyle derin dondurucunun kapısını açıyor Ali. Aslında ben de en az onun kadar huzursuzum. Sabah sabah parçalanmış bir kadın bedeniyle karşılaşmak hiç de hoş olmasa gerek. Üst üste yığılmış etlerin arasında yaptığımız beş dakikalık araştırma derin dondurucuda ceset parçalarının bulunmadığını gösteriyor bize. Dükkânın içini araştırmaya başlıyoruz. Hayır, bu kanın, pisliğin içinde de aradıklarımız yok.

"Gördüğünüz gibi ben temizim" diyor kasap keyifli bir gülümsemeyle.

"Evin uzakta mı?" diye soruyorum.

"Evime de mi bakacaksınız?" diye söyleniyor.

"Madem temizsin, evini aramamızda da bir sakınca yoktur herhalde."

"Ev dağınık, belki daha sonra" diyecek oluyor.

"Hayır" diyorum kararlı bir tavırla. "Şimdi."

Sıkıntıyla bizi süzdükten sonra önlüğünü çıkarıyor:

"Gidelim o zaman. Evim hemen arka sokakta" diyor.

Arka sokak dediği yer de Muhtar'ın yazıhanesinin karşısı. Biz kasabın evine girerken, Muhtar'ın oğlu Yiğit'in dükkânına oturmuş, bizi izlediğini fark ediyorum.

Ev, kasabın söylediklerinin tersine oldukça düzenli. Her yer pırıl pırıl, bal dök yala. Mutfaktan başlıyoruz araştırmaya. Kap kacak konulan dolaplara bakarken, "Bunlar da ne?" diye bağırıyor Ali.

Dolabın içinde kanlı kocaman bir satırla, keskin uçlu bir bıçak duruyor.

"Satırla bıçaaak" diyor kasap gayet rahat bir tavırla, "Bazen evde de çalışırım."

"Yine de biz yanımıza alalım bunları" diyorum Ali'ye göz kırparak.

Kasap göz kırptığımı görüyor ama bir şey söylemiyor, başını sallamakla yetiniyor. Banyoya giriyoruz. Lavabonun deliğini iyice kontrol ediyoruz, kana benzer bir şey göremiyoruz. Çamaşır makinesinin içi kirli çamaşır dolu. Ali, kasabın itiraz etmesine fırsat vermeden elini sokup çamaşırları ortaya seriyor. Çamaşırların arasında kırmızı bir leke dikkat çekiyor. Kırmızı lekenin göğsü boyunca yayıldığı geceliği elime alıyorum.

"Karımın kanı" diyerek açıklamaya başlıyor kasap. "Evden ayrılmadan önceki gece aramızda tartışmıştık. Burnu kanadı. Bir kere kanadı mı durmak bilmez."

Yüzümüzdeki ifadeden ona inanmadığımızı anlayınca: "İsterseniz komşulara sorun. Herkes bilir bunu."

"Karını eşşek sudan gelinceye kadar dövdüğünü de biliyor komşular" diyor Ali.

Evde başka bir kanıt bulamıyoruz. Satırı, bıçağı, kanlı geceliği ve itirazlarına aldırmadan kasabı da yanımıza alıp merkezin yolunu tutuyoruz.

Kesici aletlerle geceliği "acele" notuyla laboratuvara yolluyoruz. Kasabı da sorguya alıyoruz. Evlenmesinden başlayarak her şeyi ayrıntılarıyla anlatmasını istiyoruz. Teklemeden anlatıyor adam. Ketum davrandığı tek konu karısının onu aldatması.

Birkaç saat sonra tahliller geliyor. Kesici aletlerin üzerindeki kan insana ait değil. Ama geceliğin üzerindeki kanın grubu kesik bacaktakiyle uyuşuyor.

"Rastlantı" diye itiraz ediyor kasap.

"Olabilir" diyorum. "Ama olmayabilir de."

"Rastlantı!" diye bağırmaya başlıyor kasap. "İnanın bana

rastlantı. Ben karımı öldürmedim. Bütün bunlar Muhtar ile oğlunun oyunu."
"Neden oyun oynasınlar ki sana?"
"Benim de evimi, dükkânımı elimden alacaklar..."
"Karını aldıkları gibi mi?" diyerek ne zamandır dilimin ucundaki soruyu soruyorum.

Daha fazla direnmiyor kasap, başını öne eğiyor, kendi kendine söylenir gibi, "Evet" diyor. "Karımı aldıkları gibi. Yiğit'in sevgilisi olmuştu Makbule. Kötü davrandım olmadı, iyi davrandım olmadı. Ne yaptıysam o zibididen vazgeçmedi kahpe."

"Bu yüzden mi öldürdün?" diyerek araya giriyor Ali.
"Karım ölmedi" diyor kasap, kararlı bir tavırla. "Yiğit denen hergelenin kapattığı bir evde oturmuş, benim rezil olmamı seyrediyor şu anda."

"Belki de karını onlar öldürmüştür, ne dersin?" diye olta atmayı sürdürüyor Ali.

"Sanmıyorum" diyor kasap içten bir tavırla. "Onu neden öldürsünler? Bence karım Yiğit'in yanında."

Sorgudan sonra Ali'yle tartışıyoruz. Yardımcım, kasabın rol yaptığına, karısını öldürmüş olabileceğine inanıyor. Elimizdeki kanıtlar da bu görüşü doğrular gibi ama önsezilerim bu işin içinde başka bir iş olduğunu söylüyor bana.

"İyi de Amirim" diyor haklı olarak Ali. "Makbule sağ ise bulunan bacak kimin?"

"Bilmiyorum" diyorum, "Ama bu sorunun yanıtı o mahallede."

Bu kez öğleden sonra gidiyoruz mahalleye. Önce kahveye uğruyoruz. İçerisi sakin. Bir masada işsiz dört kişi okey oynuyor, yanlarındaki küçük masada ise iddialı bir tavla partisi sürüyor. İçeri girince herkes merakla bize bakıyor. Kahveci kim olduğumuzu öğrenmiş, "Buyrun Amirim" diyerek saygıyla karşılıyor bizi, yanında da çırağı: "Şöyle oturun."

"Sağ olun, oturmayacağız" diyorum. "Kasap hakkında bir iki şey soracaktım."

"Yaramaz adam Amirim" diyor yüzünü buruşturarak. "Kavga etmediği esnaf kalmadı şurada." Sonra meraklı gözlerini yüzüme dikerek soruyor:

"Karısını öldürmüş, değil mi?"

"Kesin konuşmak için erken. Henüz kanıtlanmadı."

"Öldürmüştür. Yoksa bunca gündür ortaya çıkmaz mıydı kadın?"

Kahvecinin çırağı kara gözlerini yüzüme dikerek, "Komiserim" diyor. "Ben dün Makbule Abla'nın hayaletini gördüm."

"Ne hayaleti ulan" diye tersliyor kahveci çocuğu.

"Hayalet işte usta. Dün gece yürürken gördüm. Kasabın evinden çıkıyordu."

"Kusura bakmayın" diyor kahveci. "Çocuk işte."

"Valla billa gördüm usta. İnanmazsanız Yiğit Abi'ye sorun, o da sokağın içindeydi."

"Yiğit hayaletin yanında mıydı?" diye soruyorum çocuğa merakla.

"Yanında değildi, köşe başında bekliyordu. Hayaletin elinde bir de çanta vardı."

Kahveci, çocuğu neden ciddiye aldığımızı anlayamamış, tuhaf tuhaf yüzümüze bakarken, biz daha fazla zaman yitirmeden Yiğit'in dükkânının yolunu tutuyoruz.

Komisyoncu kalabalık. Muhtar ile Yiğit'in yanı sıra iki kişi daha var. İçerde ateşli bir tartışma sürüyor. Öyle kaptırmışlar ki kendilerini, sesleri sokağın başından bile duyuluyor:

"Neden anlamıyorsun?" diye bağırıyor Yiğit. "O arsa satılık değil."

"Ne istersen vereceğiz gurban?" diyor Kürt aksanıyla konuşan adam. "Mümkünatı yok, o arsayı almamız lazım."

"Ne demek mümkünü yok" diyerek Muhtar giriyor araya. "Satmadığımız bir malı nasıl alırsın? Biz orayı gazino yapacağız."

"Olmaz" diyor adamlardan gür bıyıklı olanı, "Orası bizim anamızın mezarıdır."

Kapıda bizi görünce bir an susuyorlar.

"Hoş geldiniz Başkomserim" diyor Muhtar. Sonra adamlara dönerek, "Hadi artık, bakın misafirimiz geldi. Sizinle uğraşacak halimiz yok" diyor.

Adamlardan daha yaşlıca olanı yalvaran gözlerle bana bakıyor:

"Komiserim" diyor, "Allah rızası için bize yardım edin."

"Hayrola, nedir olay?" diye soruyorum. Adam, Muhtar'ın araya girmesine meydan vermeden başlıyor anlatmaya:

"Biz yandaki mahallede oturmaktayız. Allah kimsenin başına vermesin, anamız on gün önce bir kaza geçirdi. Bir bacağını kestiler. Kesik bacağı da tutup bize verdiler. Biz de boş diye gittik, bu mahallenin girişindeki tepeye, ağaçların altına gömdük. Lakin sonra bizim din büyüğümüz Şıh Hacı Neşet geldi. 'Mademki o bacağı oraya gömdünüz, artık ananınızı da oraya gömmek zorundasınız. Yoksa ananız öteki dünyada da sakat kalacaktır' dedi."

"Bir dakika, bir dakika" diyerek araya giriyor Ali. "Yani siz annenizin kesik bacağını gömdüğünüzü mü söylüyorsunuz?"

"Evet ama anam öldüğünde kendisini de oraya gömmemiz lazımmış. Bu sebepten arsayı almak zorundayız. Ama bunlar satmıyor..."

Adam bunları anlatırken Ali'yle birbirimize bakarak gülmeye başlıyoruz. Zavallılar neye güldüğümüzü anlamadan tuhaf tuhaf yüzümüze bakıyor.

Şoku atlatınca Muhtar ile oğlunu bir kenara çekip Gülsüm'ün evini yaktıklarını bildiğimizi söylüyoruz. Yiğit'i de evli bir kadınla fuhuş yapmakla suçluyoruz. Aslında elimizde kanıt olmadığı için bir şey yapamayacağımızı onlar da çok iyi biliyorlar ama yine de çekinerek dinliyorlar bizi.

"Ama arsayı bu adamlara satarsanız biz de size anlayışlı davranırız" diyorum.

"Ama komiserim, o kadını oraya gömemezler ki" diye karşı çıkacak oluyor Muhtar.

"Sen arsayı sat. Gerisini onlar halleder" diyorum. Muhtar istemeye istemeye razı olurken, biz de annelerine mezar alan iki oğlun hayır dualarıyla dönüyoruz merkeze.

Sevgilim Tiner

Oğlum yatağın başucunda durmuş beni seyrediyor. Alacakaranlıkta yüzünü göremesem de beni izleyen çocuğun oğlum olduğunu hissederek mutlulukla gülümsüyorum. Sonra dönüp karıma sarılmaya çalışıyorum ama elim sıcak bir kadın bedenine dokunacağına çarşafın soğuk boşluğuna düşüyor. O anda aklım başıma geliyor. Karımın iki yıl önce oğlumla birlikte o korkunç patlamada öldüğü gerçeği olanca ağırlığıyla zihnime çöküyor. Bu kâbustan kurtulmak için gözlerimi açarak yatakta doğruluyorum. Yine de az önce oğlumu gördüğüm köşeye bakmaktan kendimi alamıyorum. Hayır, kimse yok.

Keder içinde yeniden yatağıma uzanırken bir tıkırtı çalınıyor kulağıma. Yan daireden geldiğini düşünerek yeniden uyumaya çalışıyorum ama oğlumla karımın görüntüleri gözümün önünden gitmiyor. Sıkıntıyla yana dönerken yine bir tıkırtı duyuyorum. Ses o kadar yakın ki yan daireden geliyor olamaz... Komodinin üzerinde duran silahımı alıp hızla yataktan çıkıyorum. Parmaklarımın ucuna basarak salona süzülüyorum. Salonun kapısına yaklaşınca sırtımı duvara dayayarak içeriyi dinliyorum. Yanılmamışım, içerde biri var. Kapıdan başımı uzatıp salona bir göz atıyorum. Alacakaranlıkta bir siluet çekmeceleri açıyor, içlerini karıştırıyor. Bir hırsız mı, yoksa polislik hayatım boyunca edindiğim düşmanlarımdan biri mi? Hızla salona girerek silahımı çelimsiz bedenine doğrultuyorum.

"Olduğun yerde kal, ellerini başının üzerine koy."
Sesimi duyan karaltı bir an sarsılıyor, sonra yıldırım hızıyla yandaki pencereye atlıyor.
"Dur!" diye bağırarak koşturuyorum. Pencereye geldiğimde yan taraftaki inşaattan benim pencereme bir kalasın uzatıldığını görüyorum. Ama tuhaf, adam ortalıkta yok. Bu kadar kısa sürede karşı inşaata ulaşması olanaksız. Pencereden bakınca, aşağıda küçük kum tepeciğinin üstünde kıvrandığını görüyorum. Ambulansa haber verdikten sonra bir el feneri kaparak aşağıya iniyorum.

El fenerimin kırmızı ışığı yerde yatan karaltıyı aydınlatınca, kovaladığım kişinin on iki-on üç yaşlarında bir çocuk olduğunu görerek yanına yaklaşıyorum.

"Sık dişini" diyorum. "Az sonra ambulans gelecek, seni hastaneye götüreceğim."

Ama ambulans her zamanki gibi gecikiyor, ben de daha fazla beklemeyi göze alamayarak çocuğu emektar Renault'ya atıp hastaneye kendim götürüyorum.

Gecenin o saatinde doktor bulmakta zorlanıyoruz. Komiser olduğumu söyleyip ortalığı birbirine katınca hastabakıcılar doktoru uyandırıyor. Adının Kerim olduğunu öğrendiğim çocuğu muayene eden doktor, önemli bir şeyinin olmadığını söylüyor. Kumun üstüne düştüğü için kırık çıkık yokmuş. Yine de iç kanama olasılığına karşı yirmi dört saat kontrol altında kalması gerektiğini söylüyorlar. Onu tek kişilik bir odaya koyarlarken, ben de merkezi arayıp derhal hastaneye bir polis memuru yollamalarını emrediyorum.

Ertesi sabah uyanır uyanmaz hastanenin yolunu tutuyorum. İçeri girdiğimi gören çocuk umursamaz bir tavırla beni süzüyor. Çocuğun korkusuz bakışları sinirlendiriyor beni.

"Oğlum" diyorum, "Sen ne biçim hırsızsın. İnsan hiç polisin evini soymaya kalkar mı?"

"Ben hırsız değilim" diyor Kerim pişkin bir tavırla.

"Hırsız değilsen, benim evimde ne işin vardı?" diye soruyorum.

Çocuk yanıt vermekten kaçınıyor.
"Karanlıkta evinin yolunu mu şaşırdın?"
Çocuk suskunluğunu sürdürünce, "Sahi" diyorum, "Senin annen baban nerede?"
"Annem babam yok" diyor küskün, adeta düşmanca bir sesle.
"Nasıl yok?" diye söyleniyorum.
"Babam iş kazasında ölmüş. Annem de kardeşimle beni bırakıp bir adamla kaçtı."
"Bir de kardeşin mi var? Nerede kalıyorsunuz?"
"Şurda burda..."
"Beni iyi dinle Kerim" diyorum, "Seni hırsızlık yaparken yakaladık. Bu işi tek başına yapmadığından eminim. Birileri seni hırsızlık yapmaya zorlamış..."
"Hayır" diyerek kesiyor sözümü Kerim, "Kimse beni hırsızlık yapmaya zorlamadı..."
"Bize gerçeği söylemelisin. Yoksa hapse gireceksin."
"Beni hapse atamazsınız" diye karşı çıkıyor Kerim eskisinden daha sert bir tonda. Çenesinin titremeye başladığını fark ediyorum. Ağlayacak sanıyorum ama hayır, titreme giderek bütün bedenine yayılıyor.
"Beni hapse atamazsınız. Kardeşimi sokakta yalnız bırakamam" diye söyleniyor. Alnında ter damlalarının belirmeye başladığını görüyorum.
Hastabakıcıyı çağırıyorum. Hemen yetişiyor kadıncağız. Sakinleştirici bir iğne yaparak Kerim'in uyumasını sağlıyor. Neler olduğunu soruyorum, "Doktorla konuşmalısınız" diyor.
"Tiner kullanıyor" diye açıklıyor doktor. "Hareketleri yavaş, beyin hücreleri ölüyor."
"Tedavi edilemez mi?"
"Edilebilir ama bir hastaneye yatması gerek."
Yeniden Kerim'in odasına dönüyorum. Yüzünde çatık bir ifadeyle uyuyan çocuğu seyrediyorum. Kendi oğlum geliyor aklıma. Kerim kendine gelip de beni başucunda görünce tedirginleşiyor.

"Korkma" diyorum, "Sana yardım etmek istiyorum."
"Beni hapse atmayın" diyor yalvaran bir tavırla. "Yoksa kardeşimi kesecekler."
"Neden kessinler ki kardeşini?"
"Dilencilik yaptırmak için."
"Kim kesecek?"
"Çetedekiler... Reşit, Doktor Kimbıl... Başkaları da var."
"Daha önce onların yanında mıydın?"
"Evet. Annem bizi terk edince kardeşim İsmail'le birlikte sokaklarda yaşamaya başladık. Reşit Abi diye biri var, yanımıza geldi. Bize yiyecek, para verdi. Tünel'in arka taraflarında bizim gibi çocukların yaşadığı bir eve götürdü. Sonra bana hırsızlık yaptırmaya çalıştı. Bir iki işe çıktım. Bir gün eve geldiğimde, bir adamın kardeşimi soyarak bedenini yokladığını gördüm. Ne oluyor diye yanlarına gidince, Reşit Abi adamın doktor olduğunu söyledi. Kardeşimi muayene ediyormuş. Ama evde birlikte kaldığımız arkadaşlar, daha önceden de kardeşim yaşlarında bir çocuğu bu adamın muayene ettiğini, bir hafta sonra da çocuğun bir eliyle bir bacağını kestiklerini söyleyince gerçeği anladım. Kardeşimi alıp kaçtım oradan."
"O doktorun kim olduğunu biliyor musun?"
"Gerçek adını bilmiyorum. Ona Kimbıl diyorlar. Bir sürü çocuğu sakat bırakmış."
"Peki, kardeşin nerede şimdi?"
"Tarlabaşı'nda, terk edilmiş bir evde."
Kerim'in anlattıkları tedirgin ediyor beni.
"Ya kardeşini yakalarlarsa?"
"O evi kimse bilmiyor. Hem yanında Hikmet var."
"Onları bulmamız gerek" diyorum.
"Ben gelmezsem bulamazsın."
"Yürüyebilecek misin?"
"İyiyim, yürüyebilirim."
Tarlabaşı'nda, yarısı yıkılmış, kapısının önü çöple kaplı bir eve giriyoruz. Çiş, rutubet kokan bir odada, yere yayılmış mukavvaların üzerinde Kerim'in yaşlarında bir

çocuk yatıyor. Onu gören Kerim telaşlanıyor, yatan çocuğa yaklaşarak, "Hikmet... Hikmet..." diye sesleniyor. Ama Hikmet onu duymuyor. Bunun üzerine Kerim arkadaşının omzundan tutarak sarsalamaya başlıyor. Hikmet gözlerini açar gibi oluyor. Bir şeyler mırıldandıktan sonra yeniden dalıp gidiyor.

Kerim üzüntüden çarpılmış bir suratla bana dönerek söyleniyor:

"Kardeşimi kaçırmışlar. Reşit olmalı. Mutlaka o kaçırmıştır İsmail'i."

"Nerede buluruz Reşit'i?"

"Kaldığı yeri bilmiyorum" diyor umutsuz bir tavırla ama biraz düşündükten sonra yüzü ışır gibi oluyor:

"Beyoğlu'nda arka sokaklarda bir otopark var. Oraya takılıyor."

"Tamam" diyorum, "Onu buluruz. Kardeşini de ellerinden alırız. Ama biraz sabırlı olmak lazım. Adamları suçüstü yakalayalım."

"Kardeşime bir şey olmaz, değil mi?"

"Dikkatli olursak hiçbir şey olmaz. Şimdi sen kaçtığınız evde kalan çocukları bul. Kardeşin orada mı, sor. Eğer oradaysa evi gözetim altına alalım. Ben de Reşit'in peşine düşeceğim."

Önerim Kerim'i hoşnut etmiyor ama başka çaresi olmadığından kabul ediyor.

"Bu telefon numaram" diyorum elimdeki kâğıdı uzatarak. "Bir gelişme olursa hemen ara. Bu akşam yedi buçukta buluşalım. Taksim'de Sular İdaresi'nin önündeki banklardan birinde seni bekleyeceğim. Anladın mı?"

"Anladım" diyor. Sonra eliyle Hikmet'i göstererek ekliyor: "Onu hastaneye götürmeliyiz. Midesinin yıkanması lazım."

Hikmet'i arabaya koyarken, "Tiner mi çekmiş?" diye soruyorum.

"Hayır, tiner böyle yapmaz. Hap vermişler."

"Sen de tiner kullanıyormuşsun" diyorum kınayan bir tavırla.

"Kullanıyorum. Her sokak çocuğu kullanır. Tiner bizim anamız, babamız, evimiz, her şeyimiz... Tineri dünyada hiçbir şeye değişmem..."

"Ama tiner sizi öldürüyor" diyecek oluyorum.

"Bizi asıl öldüren sokaklar" diyerek kesiyor sözümü, "Kulamparası, hırsızı, uğursuzu, hepsi peşimizde. Tiner bize cesaret veriyor, bunları unutturuyor."

Ne söyleyeceğimi bilemiyorum. Hastaneye kadar konuşmuyoruz. Onları hastanede bırakıp merkeze dönüyorum. Asayiş Şubesi'ndekilere Reşit'i soruyorum. Adamı tanıyorlar. Birkaç kez küçük çocukları satmaktan tutuklanmış ama her seferinde bir yolunu bulup kurtarmış paçayı. Resmini yollamalarını istiyorum. Kısa sürede ulaşıyor elime. Esmer, küçük gözlü bir adam. İki sivil memur alıp çıkıyorum merkezden. Kerim'in söylediği gibi Beyoğlu'nda otopark olarak kullandıkları bir sokakta, iki kişiyle sohbet ederken buluyoruz Reşit'i. Sokağı gören küçük kahveye geçip oturuyoruz. Ben memurlardan biriyle tavla oynuyormuş gibi yapıyorum, öteki memur yalnızmış gibi bir çay söyleyip gazetesini okuyor. Reşit'in yanındaki adamlar az sonra gidiyor. Ama adam hiç boş kalmıyor, bu defa da bir sokak çocuğu geliyor yanına, bir kesekâğıdı uzatıyor. Reşit kesekâğıdını alıp çocuğu yolluyor. Sonra oturduğumuz kahveye geliyor. Konuşmasından ahbap olduklarını anladığımız kahvehane sahibine bir ayran söyleyip beklemeye başlıyor. Fazla beklemiyoruz. Orta yaşlı, tıkız bir adam geliyor Reşit'in yanına. Bir çay içimi konuşuyorlar. Adam kesekâğıdını alıp çıkıyor. Tek oturan memura işaretle Reşit'i izlemesini söyledikten sonra ben de yanımdaki memurla adamın peşine düşüyorum. Belli bir mesafeden takip ediyoruz. Ama adam kuşkulanıyor, köşeyi dönerken birden dönüp arkasına bakıyor. Bizi görünce panikliyor.

"Yakalayalım" diyorum.

Hızlanıyoruz. Sokağın başına geldiğimizde adamın koşmaya başladığını görüyoruz.

"Ben yan sokaktan girip önünü keseyim Komiserim" diyor yanımdaki memur.

"Tamam" diyerek herifin peşinden koşmaya başlıyorum. Ama bir süre sonra nefessiz kalıyorum. Allahtan yanımdaki çocuk cıva gibi. Öteki sokağa çıktığımda, herifi altına alıp bileklerini kelepçelediğini görüyorum. Yere düşen kesekâğıdını alıp içine bakıyorum. Altı çift bilezik, bir altın zincir, iki elmas yüzük, beş çift altın küpe görüyorum.

Adamı merkeze götürüp dosyasına bakıyoruz. Eski bir sabıkalı; önce biraz direniyor ama sıkıştırınca başlıyor ötmeye. İşinin çocukların çaldığı malları satmak olduğunu söylüyor. Malları Reşit'ten alıyormuş, satınca da kendi komisyonunu kesip kalanını yine Reşit'e veriyormuş. Ona Kimbıl'ı soruyoruz. Gerçek kimliğini bilmediğini söylüyor. Çete onu gözü gibi koruyormuş. Çünkü çocukları kesme işini başka kimseye yaptıramıyorlarmış. "Yeni bir çocuk kesilmesi olayı var mı?" diye soruyoruz. Bilmediğini söylüyor.

Bu arada Reşit'i izlemesi için bıraktığımız memur, yıkılmış bir suratla dönüyor. Reşit onu fark edip atlatmış.

"Neyse, onu buluruz" diyorum. O arada gözlerim saatime kayıyor. Hemen çıkmazsam Kerim'le görüşmeye geç kalacağım.

Birkaç dakika rötarla geliyorum Taksim'e. Kerim kaygılı bir suratla banklardan birinde oturmuş beni bekliyor. Ben de yanına çöküyorum.

"Kardeşim evde yok" diyor, "Oraya hiç götürmemişler."

"Kötü" diye mırıldanıyorum, "Desene Reşit'i konuşturmaktan başka çaremiz kalmadı."

"Ama Vefa'da bir ev daha varmış. O ev daha az dikkat çekiyormuş. Çocuklardan biri, kardeşimi o eve götürmüş olabileceğini söyledi. Adresini aldım."

"Aferin" diyorum, "İyi yapmışsın. O evi hemen göz hapsine alalım."

"Neden evi basıp kardeşimi kurtarmıyorsunuz ?" diye kaygıyla soruyor.

"Eğer öyle yaparsak adamların suçunu ispat edemeyiz. Serbest kalırlar. Ama suçüstü yaparsak, belki çetenin hepsini değil ama en azından Reşit ile Kimbıl'ı hapse atarız."

"Ya kardeşimi keserlerse?"

"Kesemeyecekler" diyorum güvenli bir ses tonuyla. "Hemen şimdi Vefa'daki evin önüne gidip karakol kuracağız. İçeri kim giriyor kim çıkıyor, her şeyi göreceğiz. Gerekirse anında müdahale ederiz. Tamam mı?"

"Tamam" diyor ama yüzündeki kaygı bulutları dağılmıyor. Aslına bakarsanız ben de o kadar rahat değilim. Ama bu riski göze almak zorundayım.

Pencereleri boyalı minibüsümüzü Vefa'daki evi gören bir sokağa park ediyoruz. Yanımda Kerim'in dışında iki memur var. Evin iki penceresinden de ışık süzülüyor. Bir ara evden genç bir adam çıkıyor. Karşıya geçip bakkala giriyor. Sonra elinde sigara ve çikolata paketleriyle eve giriyor. Kerim yanıma oturmuş, heyecanla bekliyor. Geceyarısına doğru başı öne düşüyor. Zemine bir battaniye serip uyumasını söylüyorum.

"Ya kardeşimi götürecek olurlarsa?"

"Merak etme, ben uyandırırım seni" diyerek yatıştırıyorum onu.

O kadar bitkin ki uzanır uzanmaz uyuyup kalıyor.

Sabaha kadar başka bir hareket olmuyor evde. Ama sabah ezanıyla birlikte evin ışıkları yanmaya başlıyor. Yarım saat sonra da yeşil bir Fiat evin önünde duruyor. Kerim'i uyandırıyorum. Arabadan iki kişi iniyor. Biri Reşit, yanındaki adamı gören Kerim, "İşte" diyor heyecanlanarak. "Doktor Kimbıl bu. Hadi yakalayın onları."

"Acele etme. Ameliyatı burada yapacaklarını sanmıyorum."

Tam düşündüğüm gibi oluyor. Eve giren iki adam beş dakika geçmeden yanlarında Kerim'in kardeşi İsmail'le birlikte çıkıyorlar. Arabaya binip hareket ediyorlar. Tabii biz de peşlerinden. Aradaki uzaklığı koruyarak Fiat'ı izliyoruz. Her şey yolunda gidiyor, henüz yollarda trafik yok. Ama

Kâğıthane'ye inerken, ne olduğunu bile anlayamadan, yan yoldan çıkan bir Mercedes bize bindiriyor. Durmak zorunda kalıyoruz. Mercedes'in şoförü zilzurna sarhoş. Onunla uğraşacak halimiz yok. Adamı arabasına kapatıp yolumuza devam ediyoruz fakat Fiat'ı bulamıyoruz. Sanki yer yarıldı da araba içine girdi. Kerim olanlardan beni sorumlu tutarak nefretle yüzüme bakmaya başlıyor:

"Onları yakalamalıydınız. Bak işte kaybettik. Şimdi kardeşimi kesecekler."

"Paniğe kapılma" diyorum ama ben de hiç rahat değilim, "bu ameliyat yapılan ev hakkında bir şey duymadın mı?"

"Duymadım" diyor önce ağlamaklı bir sesle. Ama sonra burnunu çekerek ekliyor:

"Büyük bir site varmış. Dilenci çocuklardan biri söylemişti."

Başımı pencereden çıkarıp çevrede büyük site var mı diye bakıyorum. Ve aşağıda, semtin konut dokusuyla hiç uyuşmayan bloklar görüyorum.

"Galiba onları bulduk. Aşağıya inelim" diyorum arabayı kullanan memura.

Birkaç dakikada siteye geliyoruz. Evet, işte bizim Fiat da burada. Minibüsü park ederken, aracı kullanan memur, "Bu sitede en az elli daire var Amirim. Nasıl bulacağız onları?" diye soruyor.

"Gerekirse tek tek hepsini kontrol edeceğiz" diyorum hırsla. "Ben siteye giriyorum, siz merkez arayıp destek isteyin."

Sitenin kapısından girip aşağıya, kapıcı dairesine iniyorum. Aceleyle zile basıyorum. Kapı açılmıyor. Tekrar tekrar basıyorum. Hayır, ses seda yok. Küfrederek yeniden yukarı çıkıyorum. Birinci katta karşıma çıkan ilk dairenin ziline basıyorum.

Uykulu gözlerle genç bir kadın açıyor kapıyı, kapıda hiç tanımadığı, telaş içinde bir adamı görünce tedirgin oluyor.

"Bu sitede oturan doktor ya da hastabakıcı gibi birini arıyorum" diyorum bir solukta.

Kadının bakışları yumuşuyor. Bir hastam olduğunu, acilen bir doktora ihtiyacım olduğunu düşünüyor. "Bu sitede doktor yok ama hemen arka tarafta bir dispanser var" diyor. "Her zaman açık olmaz ama bir bakın, belki şansınız yaver gider de bir doktor bulursunuz."

Demek her zaman açık olmuyormuş, bende jeton düşüyor.

"Siteden geçiş var mı oraya?" diye soruyorum merakla.

"Tabii, arka taraftan gelseydiniz görürdünüz dispanseri."

Hızla çıkıyorum dışarı. Kerim'i minibüste bırakan iki memur arkadaşla kapıda karşılaşıyoruz.

"Onları bulduk" diyorum. "Arkadaki dispanserdeler."

Dispanser terk edilmiş gibi görünüyor. Kapısı kilitli. Pencereden atlayıp kaçmasınlar diye memurlardan birini arka tarafa gönderiyorum. Öteki memurla birlikte kapıyı omuzlayarak içeri giriyoruz. Sesi duyan Reşit korkuyla koridora fırlıyor. Karşısında beni görünce afallıyor. Silahımı doğrultarak, "Dur, kıpırdama!" diyorum.

"Tamam abi, ateş etme" diyerek ellerini kaldırıyor.

Reşit'i yanımdaki memura bırakarak yandaki odaya dalıyorum.

Odaya girer girmez pencereye sıkışmış bir adam görüyorum. Kaçmaya çalışıyor, ensesinden yakalayıp içeriye çekiyorum. Kıç üstü oturuyor yere.

"Çocuk nerede?" diye soruyorum.

"Orada" diyor naylon perdeyle ayrılmış bölümü göstererek.

"Aç o zaman perdeyi" diyorum.

Perdeyi açınca bir ameliyat masası çıkıyor ortaya. Küçük İsmail kocaman masanın üzerine uzatılmış, kendinden geçmiş bir halde yatıyor.

Öfkeyle baktığımı gören Kimbıl, "Bir şeyi yok" diye açıklıyor korkuyla, "Narkoz verdik, sadece baygın."

Merkezde sorguya aldığımız Reşit ile Kimbıl lakaplı sabık hastabakıcı Ekrem, bir iki isim veriyorlar ama nedense onları bulamıyoruz. Birileri kulaklarını bükmüş olmalı, adamlar sırra kadem basmışlar. Ama en azından Reşit ile sabık hastabakıcıyı içeri atıyoruz. İki kardeşi de bir yurda sokuyorum ama Kerim teşekkür yerine kara gözlerini yüzüme dikerek, "Bizi kurtardın ama ya öteki arkadaşlarımız?" diye soruyor.

Altın Ayaklar

Ünlü futbolcu Pepe Alvarez'in kaldığı Levent'teki iki katlı villanın önü gazeteci ordusuyla kuşatılmış durumda. Arabadan inerken sarıyorlar çevremi. Hemen arkasındaki uzun boylu kameraman çocukla öne geçmeyi başaran güzelce bir kız, elindeki mikrofonu burnumun ucuna kadar sokarak soruyor:

"Başkomserim, sizce kim öldürmüş olabilir Altın Ayak'ı?"

"Altın Ayak mı?"

"Pepe Alvarez'in lakabı... Kimlerden şüpheleniyorsunuz?"

"Hiçbir şey bilmiyorum" diye açıklıyorum. "Olayı, yolda telsizden duydum, hemen buraya geldim. Siz benden daha çok bilgiye sahipsiniz."

"O halde size de anlatalım" diye yılışıyor sakallı bir muhabir.

"Sağ ol" diyorum ciddi bir tavırla, "Bilgileri kaynağından almayı tercih ederim."

Gazeteci kalabalığının arasında yardımcım Ali'nin sıkıntılı yüzünü görür gibi oluyorum. Yanılmamışım, az sonra da sesini duyuyorum.

"Bir dakika beyler" diyerek gazetecileri yarmaya çalışıyor. "Lütfen açılın."

Gazeteciler homurdansalar da benimle Ali arasında bir koridor oluşmasına izin vermek zorunda kalıyorlar. Ama bu arada soru sormaktan da vazgeçmiyorlar:

"Pepe'yi eski kulübünün öldürttüğü söyleniyor, doğru mu?"

"Hamile bıraktığı sevgilisinin belalı kardeşini tutukladınız mı?"

"Fanatik taraftarlardan tehdit mektupları alıyormuş, aslı var mı?"

Bir makineli tüfek ritmiyle peş peşe sıralanan soruların hiçbirine yanıt vermeden, kısa sürede yardımcıma ulaşmayı başarıyorum.

"Elimi tutun Amirim. Böyle daha çabuk çıkarız" diyor Ali, sonra gazetecilere dönüyor: "Maalesef sorularınızı yanıtlamak için çok erken. Burada beklemenizin de bir anlamı yok. Basın büromuz yakında gerekli açıklamayı yapacak."

Gazeteciler memnuniyetsiz, homurdanarak çekiliyorlar önümüzden ama Pepe'nin cesedi çıkarılırken fotoğrafını çekmeden onları buradan hiçbir gücün götüremeyeceğini Ali de, ben de çok iyi biliyoruz. Bahçe kapısını açarak içeriye giriyoruz. Mis gibi kokan mor şebboyların arasından geçerek villaya ulaşıyoruz. Kapıdaki memur beni görünce ahşap kapıyı ardına kadar açarak yana çekiliyor.

Günün modasına göre döşenmiş evde bizim teknik ekip harıl harıl çalışıyor. Sessizce yaklaşıyoruz. Ama boşuna, bizi gören Numan, cesetten başını kaldırarak, "Vay Nevzat, nerede kaldın yahu?" diye takılıyor. "Sen hepimizden önce gelirdin. Bugün ne oldu böyle?"

"İşim vardı" diye kestirip atıyorum. Şakalaşmak istemediğimi anlayan Numan üstelemiyor, cesede dönüyor yeniden.

Birkaç adım daha atıp ben de cesede bakıyorum. Bakar bakmaz da yüzümü buruşturuyorum. Futbolcunun başının yerinde, kana bulanmış bir kemik ve et yığını duruyor.

"Biri ona çok kızmış olmalı" diye açıklıyor Numan maktulün yumruk halinde sıkılmış sağ elini açmaya çalışırken: "Başını ezmiş."

"Ölüm nedeni bu mu?"

"Henüz belli değil. Adli tabip karar verecek. Ama aralarında kısa bir boğuşma olmuş. Şömine demirinde de kan var."

"Pepe'yle baş edebildiğine göre katil iriyarı olmalı" diye söyleniyor Ali.

"Hem de kızıl saçlı."

"Onu nereden anladın?" diye soruyorum merakla.

"Maktulün eline baksana" diyerek başıyla Pepe'nin avucunu gösteriyor Numan.

Dikkatle bakınca futbolcunun avucundaki bir tutam kızıl saçı fark ediyorum.

"Peki, futbol ayakkabılarını bulabildiniz mi?"

"Hayır" diyor Numan. "Katil götürmüş olmalı."

Onu daha fazla meşgul etmenin anlamı yok. Pencereleri kontrol etmekte olan Ekrem'e yönelirken Ali açıklıyor:

"Pepe on beş gündür yokmuş. Tatil yapıyormuş. İki gün önce dönmüş Türkiye'ye."

"Katil içeri nasıl girmiş?" diye soruyorum.

"Kapıdan girmiş olmalı. Büyük olasılıkla Pepe'nin tanıdığı biri. Kapı zorlanmamış."

Konuşmalarımızı işiten Ekrem, başıyla beni selamladıktan sonra, "Pencereler de öyle Amirim" diyerek katılıyor konuşmaya. "Katil eve rahatça girmiş, futbolcuyu öldürmüş, sonra da elini kolunu sallayarak çıkıp gitmiş."

"Beş aydır eski kulübünün taraftarlarından tehdit mektupları alıyormuş" diyor Ali. "Bu işin arkasında onlar olabilir."

"Eski futbol kulübü mü?" diye soruyorum.

"Evet, Pepe bu sene başka bir kulübe geçti."

"Ne var bunda? Bütün futbolcular kulüp değiştirebilir."

"Ama Pepe bundan biraz fazlasını yapmış. Bu sezon kulüpte kalmaya söz vermişken, rakip takım biraz daha fazla para verince son anda imzayı atmaktan vazgeçmiş. İşin kötüsü, futbolcusunun başka takıma satıldığından habersiz olan kulüp başkanı, o sırada televizyonlarda, 'Pepe bu yıl da bizimle oynayacak' diye atıp tutuyormuş. Böylece Pepe hem eski takımını iyi bir oyuncudan yoksun bırakmış, hem de futbol kulübünün prestijini yerle bir etmiş. Bence bu işi onlar yapmıştır. Takımın yöneticileri de pek sağlam ayakkabı sayılmaz zaten. Yeraltı dünyasıyla içli dışlılar."

"O halde şu kulübün yöneticilerini bir ziyaret edelim" diyorum Ali'ye. "Zaten burada ayak bağı olmaktan başka bir işe yaramıyoruz. Bu arada teknik ekip çalışmasını tamamlamış, raporlarını hazırlamış olur."

Kulüpte iki sorumlu karşılıyor bizi: Biri uzun boylu, şık giyimli, oldukça çirkin; öteki orta boylu, tombul, sevimli biri. Kim olduğumuzu öğrenince tedirgin oluyorlar. Olayı gazetecilerden öğrenmişler. Daha soru sormadan, çirkin olanı atılıyor:

"Sizi temin ederim ki bizim bu işle hiçbir ilgimiz yok Başkomserim."

"Kulübümüz yasadışı işlere girmez" diyerek öteki tamamlıyor arkadaşının sözlerini.

"Bir dakika bir dakika" diyerek ikisini de susturuyorum. "Sizi suçlayan yok. Hemen savunmaya geçmeyin. Ben sadece olayı soruşturuyorum..."

"Ama sizin buraya geldiğinizi gazeteciler öğrenirse kulübümüzün adı çıkacak."

"Merak etmeyin, kimse öğrenmeyecek."

Biraz yatışır gibi oluyorlar ama içleri hâlâ rahat değil.

"Şu Pepe'yi anlatın bana biraz" diyorum kararlı bir ses tonuyla.

"Yoksul bir ailenin çocuğuydu" diyor tombul olanı. "Onu Türkiye'ye ben getirdim. Pepe çok yetenekli bir futbolcu. Kısa sürede kendini gösterdi, ülkemizde bir yıldız oldu. Ne yazık ki çabuk ulaştığı zirve başını döndürdü. Uygunsuz ilişkilere girdi; Kıvırcık Kemal'in kız kardeşiyle olan ilişkisini duymuşsunuzdur. Daha başka kadınlar... Bunlara rağmen iyi futbol oynamayı sürdürdü. Hiç penaltı kaçırmadığını biliyor muydunuz?"

"Çok hırslıydı" diyerek çirkin olanı kapıyor sözü. "Aynı derecede paragöz. Karşı takım birazcık daha fazla para önerdi diye, bizi, Türkiye'deki ilk göz ağrısı olan takımını bırakıp gitti."

"O gittikten sonra taraftarlarınızın arasından 'Onu öldürmeliyiz' filan diyen birileri oldu mu? Ya da böyle biriyle karşılaştınız mı?"

"Ne münasebet! Bizim takımın taraftarı saldırgan değildir."

"Öyle diyorsunuz ama taraftarlarınızdan biri tehdit mektupları yolluyormuş" diyor Ali.

"Olabilir" diyor tombul olanı, gergin bir ifadeyle. "Ama bunda kulübün ne suçu var? Biz her zaman taraftarımıza centilmence davranmalarını salık veriyoruz. Ama yüz binlerce insanın hepsini birden denetleyemeyeceğimizi de takdir edersiniz."

"Pepe'nin yakın olduğu kimse var mıydı?" diye soruyorum gerginliği yumuşatmak için.

"Yoktu" diyor tombul. "Ne takımda, ne de takım dışında arkadaşı yoktu. Memleketlisi Sanchez dışında. Bir de kadınlar tabii."

"Ama" diyor çirkin, "Kadınları da evine götürmezdi."

"Birine anahtar filan vermiş olabilir mi?"

"Pepe bunu yapmazdı. Çünkü kimseye güvenmezdi."

"Sanchez'le arası iyi, dediniz. Ona vermiş olamaz mı?"

"Sanmıyorum. Hem vermiş olsa bile Sanchez katil olamaz. Bir ay önce ülkesine döndü... Başka biri olabilir mi? Hayır, kesinlikle olamaz. Pepe kimseye anahtarını teslim etmez. Hele Kıvırcık Kemal'in arabasını taramasından sonra bu imkânsız. Bence Kıvırcık Kemal'i sorgulamalısınız. Bu işte onun parmağı vardır."

"Nasıl bu kadar kesin konuşabiliyorsunuz?" diye soruyorum şaşkınlıkla.

"Olanları biliyor olsaydınız siz de benim gibi düşünürdünüz."

"Anlatın da öğrenelim o zaman."

"Pepe, geçen yıl Tepebaşı'ndaki Neşem Pavyon'un sahibi Kıvırcık Kemal'in kız kardeşiyle çıkmaya başlamıştı.

Kıvırcık Kemal, kardeşinin bir futbolcuyla, hele de yabancı biriyle çıktığını duyunca küplere bindi. Ama kız kardeşi abisinin ağzından girdi, burnundan çıktı, nişanlanacağız diye ikna etti. Böylece ilişkileri bir süre daha devam etti. Kız evlenmeyi umarken bizimki sıkılmaya başladı. Sonunda da kızı bıraktı. İşin kötüsü, kız hamile kalmıştı. Pepe her zaman olduğu gibi sorumluluk üstlenmek istemedi. Kızın başkalarıyla da çıktığını öne sürerek çocuğun babasının kendisi olmadığını söyledi. Bu arada zaman geçmiş, kızın karnındaki çocuk üç aylık olmuştu. Sonunda çaresiz kalan kızcağız kürtaj olmaya gidince, hamileliğin üç ayı geçtiğini saptayan doktorlar, tehlikeli bularak bu işi yapmaya yanaşmadılar. Ama kız, çocuğu doğuramazdı. Kendini ehil olmayan bir doktora teslim etti. Ve zavallı kız kürtaj masasından kalkamadı. Olayı öğrenen Kıvırcık Kemal çılgına döndü. Ertesi gün Pepe antrenmandan eve dönerken arabasını kurşun yağmuruna tuttu. Pepe şans eseri kurtuldu bu saldırıdan. Baktık Kıvırcık Kemal kararlı, araya biz girdik. İstanbul'un ünlü babalarından Süslü Nedim'i bulduk. Kendisi aynı zamanda kulübümüzün üyesidir. Durumu anlattık. 'Tamam, merak etmeyin, Kemal'de büyük hatırım vardır, işi çözerim' dedi. O gece gidip konuştuk. O konuşmadan sonra Kemal davasından vazgeçtiğini söyledi. Gerçekten de saldırılar durdu. Ama anlaşılan, Kıvırcık davasından vazgeçmemiş. Sadece ortalığın sakinleşmesini bekliyormuş. Pepe tehlikenin geçtiğini sanıp rahatlayınca da temizledi onu."

"Ama" diyerek karşı çıkıyor Ali. "Pepe'nin çok dikkatli olduğunu siz söylediniz. Kemal'i ya da adamlarını neden alsın içeri?"

"Bilemiyorum" diyor tombul adam düş kırıklığına uğramış bir tavırla. "Herhalde kandırmışlardır Pepe'yi."

"Neyse" diyorum, "Anlayacağız. Gidip bir de şu Kemal'le konuşalım..."

Kalkarken tombul olanı, "Lütfen Başkomserim" diye mızırdanıyor, "Bizim kulübün adını bu işe bulaştırmayın."

"Merak etmeyin" diyorum. "Kimseyi boş yere suçlamaya niyetimiz yok."

Onlar söylediğimin ne anlama geldiğini düşünürlerken biz kapıdan çıkıyoruz. Neşem Pavyon'da geceden kalma alkol, sigara, kadın parfümü karışımı bir koku karşılıyor bizi ve tabii Kıvırcık Kemal'in çakalları. Az sonra da kendisi çıkıp geliyor. Esmer, ince bıyıklı bir adam. Bize karşı saygılı davranıyor. Delikanlı raconuna hâlâ önem veren az sayıdaki kabadayıdan biri. Yüzümüzde gezinen meraklı bakışları, olaydan habersizmiş izlenimi uyandırıyor.

"Pepe bu sabah evinde ölü bulundu" diyorum bakışlarımı gözlerinde kenetleyerek.

"Altın Ayak mı, hani şu ünlü futbolcu?" diye soruyor şaşkın bir ifadeyle.

"Ta kendisi" diyorum. "Suratı paramparça edilmiş."

Kahverengi gözlerinin derinliklerinde tutkulu parıltılar görür gibi oluyorum.

"Toprağı bol olsun" diyor ilgisiz bir sesle. "Dünyaya gelen bir gün gider."

"Pepe biraz erken gitmiş" diyerek Ali de katılıyor sorguya. "Daha yirmi üçündeymiş."

"Mukadderat. Allah'ın işine karışılmaz."

"Senin kız kardeşin de gençmiş" diyecek oluyor Ali. Kemal'in gözleri öfkeyle parlıyor:

"Kız kardeşimi karıştırmayın bu işe."

"Karıştırmak zorundayız" diyorum. "Daha önce Pepe'nin arabasını kurşunlatmışsın."

"O iş mazide kaldı."

"Ne yani" diyor Ali alaycı bir tavırla, "Babalara söz verdin diye Pepe'yi öldürmekten vazgeçtiğine inanmamızı mı istiyorsun?"

"İster inanın, ister inanmayın" diye tersliyor Kemal. "Sizin bileceğiniz iş. Polisleri bilmem ama bizde söz ağızdan bir kere çıkar. Çıktı mı, artık o kanundur."

"Peki, neden vazgeçtin Pepe'yi öldürmekten?"

"Nedim Baba'yı kıramadım. Bende hatırı büyüktür."

"Nasıl bir hatırmış ki bu, seni canın gibi sevdiğin kız kardeşinin intikamını almaktan bile alıkoymuş" diyor Ali alaycı tavrını sürdürerek.

Kemal'in yardımcıma bozulduğu her halinden belli. Ama kendini tutuyor.

"Ona bir can borçluydum. Yakınlarımdan biri, oğlunun ölümüne neden olmuştu. Benim hatırım için onu bağışladı..." Konuşmasını Ali'nin yüzüne dik dik bakarak sürdürüyor: "Anladın mı, benim hatırım için. Ben de onun hatırı için o ırz düşmanı, şerefsizi bağışladım. Allah'a havale ettim. Sonunda layığını bulmuş."

"Peki, dün gece neredeydin?" diye soruyorum.

"Hastanedeydim" diyor gülümseyerek. "Zeynep Kâmil'de. Dün gece karım bana nurtopu gibi bir oğlan doğurdu. Sonra arkadaşlarla buraya geldik. Sabaha kadar içtik."

"Araştıracağız" diyor Ali.

"Sen mesleğe yeni başladın, değil mi?" diye soruyor Kemal, kısılmış gözlerinin arasından küçümseyen bakışlarını yardımcıma dikerek.

"Bu seni ilgilendirmez" diyor Ali, öfkelenmeye başladığını gizlemeden.

"Peki, son bir soru" diyorum araya girerek. "Sence kim öldürmüş olabilir Pepe'yi?"

"Bilmiyorum. Ama bilseydim de söylemezdim. O şerefsizi öldüren her kimse, öteki dünyada mekânı cennettir."

Kemal'i pavyonuyla baş başa bırakıp ayrılıyoruz yanından.

Ben arabayı çalıştırırken, "Amirim" diye soruyor Ali, "Benim göreve yeni başladığımı nasıl bildi?"

"Eee, olacak o kadar. Nasıl biz onlarla uğraşıyorsak, onlar da bizimle uğraşıyorlar. Bu arada tecrübe sahibi oluyorlar."

Bir süre susuyor Ali. Ben arabayı çalıştırıyorum, trafiğe kendimizi bırakırken, "Amirim" diyor, "Sizce ben kötü bir sorgulamacı mıyım?"

Bir an dönüp yüzüne bakıyorum, içten görünüyor.

"Sorgu zor iştir Ali. İnsanın bir üslubunun olması lazım. Ama bu kolay kazanılmaz. Zamana ihtiyacın var."

"Anlıyorum" diyerek düşünceli bir halde başını öne eğiyor.

Bir süre ikimiz de susuyoruz. Arabanın içini ağır bir hava kaplıyor.

"Evet" diyorum gereğinden canlı bir sesle, "Hâlâ elimizde bir şey yok. Sen Zeynep Kâmil Hastanesi'ne bir uzan. Bakalım Kıvırcık Kemal doğru mu söylüyor. Ben de merkeze gidip teknik ekibin ne bulduğuna bir bakayım."

"Baş üstüne Amirim" diyor Ali dalgınlığından sıyrılarak.

Akşamüstü dönüyor Ali. Hastanedekilerin Kemal'in söylediklerini doğruladığını anlatıyor bir solukta. Ama bunun hiçbir önemi yok. Kiralık katil yollayarak da Pepe'yi öldürtmüş olabilir. Teknik ekipten ilk bilgiler de gelmeye başlıyor bu arada. Pepe'nin ölüm nedeni, başına demir gibi sert bir cisimle vurulmuş olması. Yani şömine demiriyle. Demek ki katil önce ünlü futbolcuyu öldürmüş, ardından başını ezmiş.

"Katilin eve nasıl girdiğini öğrenebilirsek, kimliği konusunda da ipucu elde ederiz."

"O zaman öncelikle şunun yanıtını bulmalıyız" diyor Ali. "Katili eve Pepe mi aldı, yoksa kendisi mi girdi?"

"Katilin eve kendisinin girmesi daha büyük ihtimal. Son on beş gündür Pepe yokmuş. Bu süre içinde katil içeri girmenin bir yolunu bulmuş olabilir."

"Ama nasıl?" diye mırıldanıyor Ali, sonra gözleri parıldayarak soruyor: "Katil önceden anahtarı çalmış olmasın?"

"Anında kilidi değiştirirdi Pepe" diyorum. "Adam o kadar korkuyormuş ki..."

Kilidi değiştirirdi derken aklıma başka bir ihtimal geliyor:

"Evinin anahtarını kaybetsen ne yaparsın?" diye soruyorum yardımcıma.

"Yedeğini kullanırım" diyor sözün nereye varacağını anlayamadan.

"Yedeği de yoksa?"

"Çilingir çağırırım."

"Evet, çilingir çağırırsın. Katil de öyle yapmış olmasın. Pepe on beş gün evde yoktu. Katil, bir çilingir bulup evinin anahtarını kaybettiğini söyleyerek kapıyı açtırabilir."

"İyi de, çilingir kapıyı açarken komşular görmez mi?"

"Pepe'nin villasının sağı da, solu da boş arsa. Çilingiri uygun bir zamanda getirdiyse kimsenin ruhu bile duymaz."

Ali'nin yüzünü kararsız bir ifade kaplıyor: "Bilemiyorum Amirim" diye mırıldanıyor.

"Öğrenmek kolay. Yarın Levent'teki çilingirlerle konuşursak bunu anlarız."

"Ya çilingiri başka yerden getirdiyse?"

"Sanmıyorum. Bu, çilingiri kuşkulandıracağından katil tercih etmez."

Ertesi sabah Levent'in merkezinde çilingir aramaya başlıyoruz. Meydanda gözümüze çilingir tabelası çarpmayınca, köşedeki çiçekçi dükkânına girip soruyoruz. Orkideleri büyükçe bir vazoya yerleştirmekte olan yaşlı adam, "Siz Loto Lütfü'yü arıyorsunuz" diyor.

"Loto Lütfü de kim?" diye soruyorum dikkat kesilerek.

"Bu yörenin en iyi çilingiri. Benim diyen usta su dökemez eline."

"Neden Loto Lütfü diyorsunuz ona?" diye soruyor Ali benden önce davranarak.

"Daha önce sadece Lütfü'ydü adı. Ama lotoda 775 milyarı kaybedip de hafif tırlatınca adı Loto Lütfü kaldı."

Ali'yle göz göze geliyoruz.

"Ne zaman oldu bu?"

"Geçen sezon oynanan maç. Hiç unutmam, bütün esnaf kahvede oturmuş o maçı izliyorduk. Yedi maç beraber bitmiş. Son maç oldukça geç saatlerde başladı. Maç 1-1 berabere devam ediyor. Hepimiz heyecanlıyız ama bizim Lütfü hop oturup hop kalkıyor. Maç bitti bitecek derken Altın Ayak Pepe son saniyelerde takmaz mı topu filelere.

Hepimiz sevinçten havalara uçtuk. Takım 2-1 galip. Ama sen bir de Lütfü'nün halini gör. Resmen tırlattı garip."

"Kızıl saçlı mı bu Lütfü?" diye soruyorum merakla.

"Nereden biliyorsunuz?" diyor yaşlı adam şaşkınlıkla.

"Dükkânı nerede şu Lütfü'nün?" diye atılıyor Ali gemleyemediği bir heyecanla.

"Arkada" diyor adam Ali'nin heyecanına bir anlam veremeyerek, "Postanenin yanında."

Hızla ayrılıyoruz çiçekçiden. Elimizle koymuş gibi buluyoruz Loto Lütfü'yü. Küçük, kutu gibi dükkânın içinde, kızıl saçlı, iriyarı bir adam. Gözlerinde tuhaf bir ifadeyle bize bakıyor. Kimliğimi çıkarıp uzatıyorum:

"Ben Başkomser Nevzat, bu da yardımcım Ali."

Hiç şaşırmıyor, bizi bekliyor gibi bir hali var.

"Seni Pepe'yi öldürmekten tutukluyoruz" diyorum.

Bakışları bir an ayı pençesi gibi iri ellerine kayıyor, sonra o tuhaf ifade yine gelip oturuyor gözlerine. Adamın tavrını yanlış yorumlayan Ali, "Yazık değil mi, o kadar yetenekli bir futbolcuyu nasıl öldürdün?" diye soruyor.

"O, benim yarınlarımı çalmıştı" diye açıklıyor cüssesine hiç yakışmayan çocuksu bir sesle. "Başkasınınkini de çalmasın diye öldürdüm."

Siyah Taşlı Yüzük

Bazı cinayetlerin aydınlanması polisin çabasına değil, siyasi iktidarın tavrına bağlıdır. Elinizde ne kadar ipucu, ne kadar somut kanıt olursa olsun hiçbir yararı olamaz. Çünkü yukarıdan birileri, bu işin aydınlanmasını istemiyordur. Bazen doğrudan söyledikleri de olur ama genellikle her adımda önünüze engeller koyarak sizi yolunuzdan saptırmaya çalışırlar.

Altı aydır üzerinde çalıştığımız Banker Ayhan cinayeti de bunlardan biriydi. Birilerinin soruşturmayı engellediği o kadar belliydi ki, elimizde iki kişinin parmak izi, olayda kullanılan iki silahın balistik sonuçları, hatta benzin istasyonunda çalışan görgü tanığının gayet açık ifadesi olmasına karşın altı ay boyunca bir milim bile ilerleyememiştik. Ama altı ay sonra birden rüzgâr değişti. Kamuoyunun da baskısıyla, bizim teşkilat da dahil olmak üzere tüm güvenlik birimlerini adeta bir ahtapot gibi saran çetelere karşı operasyon başladı. İşte bu tutuklamalar sürerken, Banker Ayhan dosyası da yeniden gündeme geldi.

Bir devlet bankasını dolandırma suçundan tutuklanan eski polis komiseri Adnan Tözel'in itirafıyla, Banker Ayhan'ı Mevlüt Kanat'la birlikte öldürdükleri açığa çıktı. Olayın azmettiricisi ise Antalya'da ve Kıbrıs'ta oteller zinciri bulunan, İtalyan mafyasının kara para aklayıcısı ve maktulün yakın arkadaşı Rifat Saygılı'ydı. Cinayet nedeni paraydı;

Rifat Saygılı, aldığı bir milyar doları ödemek yerine, para için meslek ahlakını hiçe sayan iki eski polise ellişer bin dolar vererek Banker Ayhan'ı öldürtmeyi seçmişti. Yukarıdaki tanıdıkları aracılığıyla da cinayet soruşturmasını engellemiş, olayın emniyet arşivindeki yüzlerce faili meçhul dosya arasında unutulacağını sanarak pis işlerini pervasızca sürdürmüştü.

Ama işler umduğu gibi gitmedi. Hükümet değişince Banker Ayhan dosyası da yeniden gündeme geldi. Fakat bu adamların her yerde gözü kulağı vardı. Polis eskisi iki kiralık katil yakalanır yakalanmaz Rifat Saygılı'nın yurtdışına çıkmış olması kuvvetle muhtemeldi. Bu ihtimali düşünerek Interpol'e durumu bildirdik. Son bir yıldır yurtdışına kaçan suçluların yakalanmasında önemli adımlar atılmasına karşın, açıkçası ben Rifat Saygılı'nın yakalanacağından pek ümitli değildim. Adamın çok parası vardı. Para her yerde büyük güç demekti. Ama tuhaf bir şey oldu. Biz olayı Interpol'e bildirdikten iki gün sonra Rifat Saygılı'nın avukatları, müvekkillerinin suçsuz olduğunu ve ertesi sabah savcılığa teslim olacağını açıkladılar. Doğrusu bu haber bende büyük bir şaşkınlık yarattı. Elimizdeki kanıtlar o kadar sağlamdı ki, Rifat Saygılı'nın bu işten yakayı sıyırması imkânsızdı. Rifat Saygılı gibi birisinin hem de asla kurtulamayacağını bilmesine rağmen teslim olması akıl alacak bir iş değildi. Ama olanı biteni anlamak için beklemekten başka çaremiz de yoktu. Biz merakımıza gem vurmuş ertesi sabahı beklerken emniyete gelen bir intihar haberi olayın seyrini tümüyle değiştirdi. Rifat Saygılı, saat 19.00 sularında siyah BMW'siyle Boğaz Köprüsü'ne gelmiş, trafiğin tıkalı olmasını fırsat bilerek arabasından inmiş, bir anda kendini korkuluklardan aşağıya bırakmıştı.

Boğaz Köprüsü'ne vardığımda saat 21.00'e geliyordu. Bu saatlerde hep olduğu gibi trafik yine arapsaçına dönmüştü. Siyah BMW, köprünün girişine çekilmişti. Köprünün güvenliğinden sorumlu Komiser Yılmaz'la arkadaş sayılmazdık ama tanışırdık. Beni görür görmez dostça gülümseyerek elimi sıktı. Olayı kısaca ama hiçbir ayrıntıyı atlamadan anlattı.

Siyah BMW tam 19.12'de köprüye girmiş, yoğun trafikte on dakika kadar ilerledikten sonra sürücüsü arabadan inip kendini karanlık sulara bırakmıştı. Arabada bir ceket bulmuşlardı. Ceketin ceplerinden Rifat Saygılı'ya ait bir ehliyetle nüfus cüzdanı ve bir de intihar mektubu çıkmıştı. Ayrıca, arabanın torpido gözünde Browning marka bir tabancayla, silahın Rifat Saygılı'ya ait olduğunu kanıtlayan bir ruhsat da ele geçirilmişti. Komiser Yılmaz kanıtlara zarar vermemek için hiçbir şeye dokunmadıklarını söylüyordu. Bunun için ona teşekkür edip parmak izlerine kendiminkileri de katmamak için eldivenlerimi giyerek arabanın içini bir de ben araştırdım. Yılmaz'ın söyledikleri dışında ilginç bir şeye rastlamadım. Öncelikle mektubu açıp okudum. Şunlar yazıyordu:

"Kamuoyu son bir haftadır, adımın karıştığı bir cinayeti konuşuyor. Bilgisi olan olmayan her köşe yazarı hakkımda atıp tutuyor. Yargılamadan beni cezalandırıyorlar. Yok efendim bir milyar borcum varmış, yok efendim en yakın arkadaşımı para için öldürtmüşüm, ben ne kadar alçak bir adammışım... Bu iftira ve kara çalmalar gazete sayfalarında, televizyon ekranlarında sürüp gidiyor. Ama işin aslı öyle değil.

İnsanoğlunun öyle zayıf yanları vardır ki, ne para, ne güç, ne ilişkiler, hiçbirinin yararı dokunmaz. Bir kadına âşık olursunuz, onun mutlu olması için neyiniz var neyiniz yoksa ayaklarına serersiniz, gerekirse canınızı bile vermeye hazırsınızdır ama o tutar sizi en yakın arkadaşınızla aldatır. Hem de herkesin gözü önünde, sanki size nispet yapar gibi. İki yerden yaralanmışsınızdır; sevdiğiniz kadın ve en yakın arkadaşınız, bıçaklarını çekip hiç düşünmeden yüreğinizin en hassas yerinden vurmuşlardır sizi. Büyük servetinizin, dağları yerinden oynatan gücünüzün artık hiçbir kıymeti harbiyesi yoktur. Yaralı yüreğiniz, paçavra edilmiş şahsiyetinizle öylece kalakalırsınız. Belki insanlar yüzünüze bir şey söylemez ama siz sırtınızı döner dönmez başlarlar dedikodulara. Artık hayatınızı mahvetmekten başka seçeneğiniz yoktur. Bu adi, bu riyakâr dünyadan kendi başınıza çekip gitmekten başka bir şey gelmez elinizden. Ben de bunu yapıyorum işte. Genç yaşımda bana gülen şansımın feleğin küçük bir çelmesiyle tümüyle değiştiğinin farkındayım. Artık hiçbir şeyin eskisi gibi olmayacağını görüyorum. Bu yüzden artık benim için bir cehennem azabına dönen hayatıma son veriyorum. Kimseye kırgın değilim, dünyadan payıma düşen bu kadarmış, aldım gidiyorum.

Melek, sakın beni unutma! Her şeye rağmen seni çok ama çok seviyorum.

Rifat Saygılı"

Mektubu kapattım, kanıtları topladığımız naylon torbalardan birinin içine koydum. Mektupta neler yazdığını merak eden Yılmaz'ın bakışlarındaki soruyu yanıtlamak yerine, "Olayı gören kimse var mı?" diye sordum.

"Köprüden geçenler görmüştür. Ama onları bulmamız çok zor. Herkes yoluna gitti."

"Yazık" dedim iç çekerek, "Keşke görenlerden biriyle konuşabilseydim."

Yılmaz'ın geniş alnı kırışmıştı.

"Neyi öğrenmek istiyorsunuz Amirim?" dedi meraklı bir ses tonuyla.

"Köprüden atlayanın gerçekten de Rifat Saygılı olup olmadığını."

Yılmaz'ın alnındaki kırışıklıklar daha da derinleşti.

"Yani atlayan başka biri miydi?"

"Bilemiyorum ama emin olmaya çalışıyorum. Rifat Saygılı, İtalyan mafyasıyla bağlantılı bir adam. Adı bir cinayete karıştı. Kendini kurtarmaya çalışıyor olabilir."

"Anlıyorum" dedi Yılmaz başını sallayarak. Bir an düşündükten sonra ekledi: "Ama kim başka birinin yerine ölmek ister ki?"

"Haklısın" diye mırıldandım ama kuşkular aklımı kemirmeye devam ediyordu hâlâ.

Yılmaz da durumun farkında olacak ki, "İsterseniz" dedi iddiasız bir sesle, "Köprüyü çeken video kasetlerine bir bakalım. Belki kamera Rifat Saygılı'yı yakalamıştır."

"Tamam, hemen bakalım" dedim.

Az sonra kontrol binasındaydık. Görevli kasedi başa sardı. Kaset saatine göre 19.10'dan itibaren izlemeye başladık. Tam 19.11'de siyah BMW göründü. Ama ortalık karanlık olduğundan sürücünün yüzü görünmüyordu. Rifat Saygılı'yı teşhis edemeden araç gişelerden geçti. Ama trafik yoğun olduğu için ağır ağır ilerliyordu. Bir an nereden geldiği anlaşılmayan bir ışık yansıması oldu, BMW'nin içi aydınlandı.

"Görüntüyü büyütebilir miyiz?" diye heyecanla bağırdım.

"Tabii" dedi yanımızdaki genç görevli.

Ben sabırsızlıkla beklerken o önündeki tuşlara basarak görüntüyü büyüttü. Ama netlik kaybolmuştu. Yüzümdeki memnuniyetsiz ifadeyi fark ederek, "Merak etmeyin, şimdi netleşecek" dedi. Gerçekten de az sonra görüntü netleşti. Ama ne yazık ki dışarıdan yansıyan ışık, sürücünün yalnızca sol elini aydınlatmaya yetmişti. Gövdesinin önemli bir bölümü, hepsinden önemlisi, yüzü hâlâ karanlıklar içindeydi.

"Faydasız" diye mırıldandım, "Onu bu görüntüden teşhis etmek imkânsız."

"Üzgünüm Amirim" dedi genç görevli, sanki kendisi suçluymuş gibi, "Ne yazık ki kameralarımızın yakaladıkları bunlar, isterseniz kasette çoğaltıp verebilirim size."

Yeniden alıcı gözüyle görüntüye baktım, ince uzun parmaklı bir sol el duruyordu karşımda. Birden orta parmağındaki yüzük dikkatimi çekti. Siyah taşlı, altın bir yüzüktü.

"İyi olur" dedim görevliye, "Teknik ekip kasedin kopyasını incelemek isteyecektir."

Güvenlik binasından çıkarken, "Çocuklar aşağıda cesedi arıyorlar" dedi Yılmaz. Sanki beni teselli ediyor gibiydi. "Bulununca atlayan Rifat mıydı, değil miydi anlarız nasıl olsa."

"Haklısın" dedim. Ama içimden bir ses cesedi bulamayacağımızı söylüyordu.

Merkeze dönmüştüm. Odamda, mektubu az önce okumuş olan Ali'yle konuşuyorduk.

"Belki de sandığımız gibi değildir Amirim" dedi Ali, yüzünde düşünceli bir ifade belirmişti. "Belki de adamın yazdıkları gerçektir."

"Rifat Saygılı değil de başka birinden söz ediyor olsaydık, bu söylediğine daha kolay inanırdım. Ama genç yaşta yeraltı âleminin en üst sıralarına tırmanmayı başaran böyle kurnaz bir adamın aşk yüzünden bütün yaşamını mahvedebileceği aklıma pek yatmıyor."

"Şu Melek denilen kadını bir yoklayalım, bakalım o ne anlatacak Amirim."

"Ona da gideceğiz, önce şu kanıtların incelenmesi tamamlansın. Numan laboratuvara kapandı, birkaç saattir kanıtları inceliyor."

Daha sözümü bitirmeden odanın kapısı açıldı, Numan o güleç yüzüyle içeri girdi.

"Mektubun üzerindeki parmak izleri Rifat Saygılı'ya ait. Silahın, kimlik kartlarının üzerindekiler de. Başka parmak izi yok" diyerek elindeki naylon kanıt torbalarını masamın üzerine bıraktı. Elindeki fotoğrafı ise doğrudan bana uzattı:

"Bu da video kasedinden aldığımız el fotoğrafı. Güzel yüzüğü varmış adamın."

Koltuğa çökmek üzere olan Numan'a bakarak başımı salladım:

"Hiç niyetlenme, kalkmak üzereyiz. Şu iş çözülsün maçları ondan sonra tartışırsınız."

Numan bozulmuştu ama belli etmemeye çalıştı:

"Yok canım, ben de oturmayı düşünmüyordum zaten. Aşağıda o kadar çok işim var ki."

Etiler'de, Ali'yle birlikte bir ömür çalışıp asla satınalamayacağımız, deniz gören bir villada oturuyordu Melek Hanım. Evi kendisi almıştı. Söylenenlere göre Rıfat'tan ziynet eşyaları dışında hiçbir hediye kabul etmemişti. Bizi görünce yüzü asıldı kadının. Ağlamaktan şişmiş gözlerini gizlemeye çalışarak, "Üstüme bir şeyler alayım" deyip çıktı odadan.

Onu bir yerlerden gözüm ısırıyordu. Ali hatırlattı: "Gazetelerin verdiği hafta sonu eklerinden birinde yarı çıplak fotoğraflarını görmüş olmalısınız Amirim. Sık sık boy gösterirdi oralarda. Kadın önce dansözdü, sonra şarkıcı oldu."

Melek az sonra geldi yanımıza, üstüne koyu renk, uzun bir hırka giymiş, yüzüne de hafif bir makyaj yapmıştı. Toparlanmış görünüyordu. Rifat Saygılı'yla ilişkilerini sorunca, "Evleneceğktik" dedi ve gözleri yeniden doldu.

"Anlamıyorum bunu niye yaptı!"

Rifat'ın yazdığı mektubun kopyasını çıkarıp kadına uzattım:

"Bu mektupta açıklamış" dedim.

Melek uzattığım mektubu sanki kutsal bir metinmiş gibi merakla, saygıyla, adeta ürpererek aldı. Bu davranışı, kadının Rifat'a âşık olduğunu düşündürdü bana.

Kadın mektubu okurken sessiz sessiz ağlamaya başladı. Gözyaşları mektubun üzerine düşüyordu. Ama kadın okumayı sürdürdü. Mektubu bitirince de kendini koyvererek hüngür hüngür ağlamaya başladı. Beş dakika kadar kadının sakinleşmesini bekledik.

Soluk alışları normalleşmeye başlayınca ona mendilimi uzatarak, "İsterseniz daha sonra gelelim" dedim kibar bir tavırla.

Kadın mendilimi almadı ama bizi de göndermedi.

"Hayır" dedi, "Bugün bitirelim. Aynı işkenceye bir daha katlanamam."

Bir süre durdu, sonra gözyaşlarını eliyle kurularken sordu:

"Benden ne istiyorsunuz?"

"Mektupta yazılanlar doğru mu?" dedim.

"Kısmen" dedi Melek, "Ayhan'la ilişkim vardı ama bu Rifat'la tanışmadan önceydi. Onunla tanıştıktan sonra Ayhan'la ilişkimi kestim. Çünkü Rifat'ı sevmiştim."

"Rifat biliyor muydu bu ilişkinizi?" diyerek Ali girdi araya.

"Ne yazık ki hayır" dedi Melek, sesi kederle boğuklaşmıştı. "Ona söylemeye çekindim. Keşke söyleseymişim. Bütün bunlar benim yüzümden olmuş."

"Şuna bakar mısınız?" diyerek videodan aldığımız fotoğrafı kadına uzattım.

Melek fotoğrafı alıp baktı. Bir şey anlayamamış olacak ki, "Bir el fotoğrafı" dedi soru dolu gözlerini yüzüme dikerek.

"Rifat'ın eline benzemiyor mu?" diye sordum.

"Rifat'ın mı?" diye kekeledi. "Bilemiyorum, çıkaramadım!"

"Peki yüzük?" dedim. "Rifat'ın böyle bir yüzüğü var mıydı?"

Melek yeniden fotoğrafa bakarak başını salladı:

"Hayır" dedi, "Bildiğim kadarıyla Rifat'ın böyle bir yüzüğü yoktu."

"Emin misiniz?" diye ısrar ettim.

"Eminim" dedi Melek. "İsterseniz fotoğraflarını getireyim, siz de bakın."

Az sonra Rifat Saygılı'nın onlarca fotoğrafı önümüzdeki küçük sehpanın üzerinden bize bakıyordu. Kadının söyledikleri doğruydu. Rifat'ın parmağında öyle bir yüzük yoktu.

Etiler'deki evden çıkıp benim emektar Renault'ya yeni binmiştik ki telsizim cızırdadı. Salacak önlerinde denizden başsız bir erkek cesedi çıkmıştı. Cesedi iki saat önce morga yollamışlardı.

Adli Tıp'ın yolunu tuttuk. Odasındaki televizyona dalıp gitmiş olan Doktor Orhan geldiğimize hiç memnun olmamış gibiydi.

"Bu ne surat Orhan?" diye takıldı Ali. "Bizi görmekten hiç memnun olmamış gibisin."

"Otopsi raporunu mu istiyorsunuz?" diye homurdandı Orhan, televizyon izlemeyi sürdürerek.

"Evet" dedi Ali, "Bir sakıncası mı vardı?"

"Sakıncası yok da biraz beklemeniz gerek."
Orhan'ın baştan savar gibi davranması beni de sinirlendirmeye başlamıştı.
"Nedenmiş o?" diye sordum sert bir tavırla.
Bakışlarını ilk kez televizyondan alarak yüzüme baktı Orhan. Gülümsemeye çalıştı ama beceremedi. Sonra eliyle televizyonu göstererek ezik bir ifadeyle açıklamaya çalıştı:
"Başkomserim, şu anda Avrupa Yüzme Şampiyonası yapılıyor. Benim kardeşim de yarışmacı. Tramplen dalında. On dakikaya kadar atlayacak. Onu kaçırmak istemiyorum."
"Hay Allah iyiliğini versin" dedim gülümseyerek. "Baştan söylesene şunu. Ancak öğrenmek istediğim bir şey var. Cesedin sol parmağında siyah taşlı bir yüzük var mıydı?"
Orhan hiç düşünmeden yanıtladı sorumu:
"Hayır, yüzük filan yoktu. Zaten üzerinde giysi de yoktu, çırılçıplaktı."
"Tamam, teşekkür ederim" dedim Orhan'a. "Artık, raporu on dakika sonra alsak da olur. Hem biz de izlemiş oluruz yarışmayı."
"Bir dakika Amirim" diyerek atıldı Ali. "Bu kadar kolay teslim olmayalım. Her şeyin bir bedeli vardır. Mademki bekliyoruz, o da bize lahmacun ısmarlasın."
Orhan rahatlamıştı.
"İstediğiniz lahmacun olsun" dedi. Telefona uzanırken sordu: "Kaçar tane yersiniz?"
Lahmacunlarımızı yerken atlama sırası hâlâ Orhan'ın kardeşine gelmemişti.
"Kusura bakmayın" diye sıkıntıyla söylendi Orhan, "Sizi de bekletiyorum."
"Canını sıkma" dedim, "Vaktimiz var. Hem yarışma da oldukça keyifliymiş."
"Üzüleceğine bize birer tane demli çay söyle" diyerek muzipçe sırıttı Ali. Doktor Orhan çayları söylerken, benim gözüm televizyon ekranında tramplene tırmanan yüzücüye takılmıştı. Uzun boylu, esmer, yakışıklı bir sporcu. Adının Santini olduğunu söylüyordu spiker. Aslında kule

atlayıcısıymış. Ama bugün olduğu gibi, tramplen yarışmalarına da katılıyormuş. Olimpiyatlarda altın madalya bile kazanmış. Kendine duyduğu güven, merdiveni çıkarken takındığı havadan belli oluyor adamın. Spiker, kule yarışmalarında yetmiş metre yükseklikten atladığını söylüyor Santini'nin.

"Adama bak yaa" diye söylendi Ali. "Herif yetmiş metre yükseklikten atlıyormuş. Yuh be. Dile kolay, yetmiş metre. Bizim Boğaz Köprüsü'nden daha yüksek."

Ali'nin sözleri kulaklarımda yankılanırken, Santini merdivenleri tırmanmış, tramplenin sonuna gelerek ayak parmaklarının ucunda yükselmeye başlamıştı. Üçümüz de soluklarımızı tutarak sporcuyu izlemeye başladık. Santini parmak uçlarında yaylandı ve sıçrayarak kendini boşluğa bıraktı. Düşerken ardı ardına şık taklalar atarak izleyicilere olağanüstü bir gösteri sundu. Sonra kusursuz bir biçimde havuzun sularına daldı. Bu işlerden pek anlamam ama bence atlayışı tek kelimeyle muhteşemdi. Sudan çıkan Santini uzun kulaçlarla havuzun kenarına ulaştı. Saçlarını elleriyle geriye tararken, kamera yaklaştı. Böylece bu olağanüstü sporcuyu yakından görme fırsatını yakaladık. Gerçekten de yakışıklı biriydi. Esmer teniyle uyum sağlayan kuzguni saçları, biçimli kaşları, çenesindeki derin gamzesi ona erkeksi bir çekicilik kazandırıyordu. Onu izlerken birden sol elindeki yüzük dikkatimi çekti.

"Santini'nin sol elindeki yüzüğe bak" dedim.

Ali gözlerini kısarak işaret ettiğim yere baktı.

"Aman Allahım" diye mırıldandı Ali. "Fotoğraftaki yüzük."

"Evet" dedim sevinçle, "Hadi gidelim."

Olanlardan bir şey anlamayan Doktor Orhan, "Raporu istemiyor musunuz?" diye seslendi arkamızdan.

"Kestiğin ceset bizim adam değil" dedim. "Ha, bu arada kardeşine bol şans dileriz."

Arabaya binerken Ali hâlâ şaşkınlığını koruyordu.

"Ne plan ama" diye mırıldandı kendi kendine. "Sen

dünyanın en iyi atlayıcısını kirala, milleti de intihar ediyorum diye kandır."

"İtalyan ortakları da yardımcı olmuştur ona" diye tamamladım Ali'nin düşüncesini.

Arabayı çalıştırıp burnunu merkeze çevirince, "Santini'yi sorgulamaya gitmiyor muyuz Amirim?" diye sordu Ali.

"Onu sorgularsak Rifat'ın anında haberi olur. İtalyan'ın telefonunu dinlemeliyiz. Hem böylece hiçbir kuşku da kalmaz kafamızda."

"Yani sizce Rifat hâlâ İstanbul'da mı?"

"Şu ana kadar Rifat Saygılı adında biri yurtdışına çıkmadı. Sahte kimlikle çıkmış olabilir mi? Belki ama içimden bir ses Rifat'ın İtalyan ortaklarının düzenlediği bir operasyonla, yarışmaya gelen yüzücülerin arasına karışarak ülkeden çıkacağını söylüyor bana."

O geceden itibaren Santini'nin kaldığı oteldeki telefonunu dinlemeye aldık. Ertesi gün ödül töreninden birkaç saat önce Santini'ye gelen telefonda, İngilizce konuşan bir adam, İtalyan ekibi yarın otelden ayrılmadan önce yeni yüzücünün aralarına katılacağını söylüyor, durumdan antrenörü de haberdar etmesini belirtiyordu. Santini sadece, "Bekliyoruz. Her şey hazır" demekle yetindi.

Ertesi sabah bizim ekip otelin lobisine yerleşmişti. Ortalık ana-baba günüydü. Ülkelerine dönmenin telaşında olan sporcular lobide, kapının önünde dolaşıyor, valizler, hediye paketleri, her şey birbirine karışıyordu. Rifat Saygılı'nın fotoğrafına baka baka adamın yüzünü ezberleyen bizim çocuklar, fazla dikkat çekmemeye çalışarak sporcuları izliyorlardı. Yürüyen merdivenin yanında Nermin'le dikilen Ali başıyla işaret etti. Sakin adımlarla gösterdiği yöne yürüdüm ve döner kapının önünde, üzerine eşofman giymiş, başına spor bir kep geçirmiş Rifat Saygılı'yı gördüm. Takımın antrenörüyle bir şeyler konuşuyordu. Zaman kaybetmek anlamsızdı. Operasyonun başladığı işaretini verdim. Birkaç saniye içinde Rifat Saygılı, Santini ve antrenör gözaltına alınmıştı.

Santini ile antrenörü fazla tutamadık. Ama İtalyan mafyasıyla bağlantılı olduklarını belirten raporumuzu Interpol'e bildirdik. Rifat Saygılı'yı ise yalnızca Banker Ayhan cinayetini değil, bütün yasadışı bağlantılarını açıklamak üzere uzun bir sorguya aldık. Sorgu boyunca Melek dışında kimse arayıp sormadı onu. Bütün o nüfuzlu dostları, birlikte hafta sonu partileri düzenledikleri karaborsa zenginleri, sanki yer yarılmıştı da içine girmişlerdi. Bir tek o şarkıcı kadın aşındırıp durdu kapımızı.

"Bir kadın tarafından böyle sevilmek isterdim" dedi Ali, Rifat'ı Devlet Güvenlik Mahkemesi'ne götürürken.

"O zaman kadınlara iyi davranma" dedim.

"Nasıl yani?" diye sordu kaşlarını çatarak.

"Onlara önem verme, hatta Rifat gibi kendini kurtarmak için onları harcamaktan çekinme."

Şaka yaptığımı sanan Ali inanmamış gözlerle beni süzüyordu.

Bir Ölünün Yolculuğu

En ilginç cinayet soruşturmalarından biriydi. Ceset, Van otogarında, bir otobüsün içinde bulunmuştu, daha doğrusu fark edilmişti. Çünkü adamcağız İstanbul'da arkadaşları tarafından otobüse bindirildiğinde tahtalı köyü çoktan boylamıştı. Ancak bu gerçeği ne arkadaşları, ne otobüsün muavini, ne de cesedin yanında oturan yaşlı adam fark edebilmişti. Çünkü yolcu buram buram şarap kokuyormuş, herkes onun içkiyi fazla kaçırıp sızdığını sanmış. Van otogarında otobüs boşalırken Taci Kıvılcım adlı yolcunun hâlâ kalkmadığını fark eden muavin, müşterisini uyarmış ama adam aldırmamış. Muavin onu sarsmaya kalkmış, işte o zaman anlamış adamın öldüğünü. Önce kalp krizi sanmışlar ancak otobüs firmasına gelen bir telefon kafaları karıştırmış. Telefondaki kişi, Taci Kıvılcım'ı soruyormuş. Firma sorumlusu, yolcunun öldüğünü söyleyince, karşı taraftaki hemen telefonu kapatmış. İşin ilginci, yolcunun bavulu da, el çantası da yokmuş. Savcı ve hükümet tabibi ölümü kuşkulu bularak, otopsi talep etmişler. Ortaya çıkan sonuç, Taci Kıvılcım'ın 24 saat önce zirai ilaçlamada kullanılan bir zehirle öldüğü yönündeymiş. Öldürülme olayı İstanbul'da gerçekleştiği için emniyet soruşturmayı bizim yürütmemize karar vermişti.

Soruşturmaya, Taci Kıvılcım'ın kim olduğunu araştırarak başladım. Bizim Ali'yi de Van'daki otobüs firmasını arayan kişiyi bulmakla görevlendirdim. Taci Kıvılcım'ın bir bankanın Nişantaşı şubesinde müdür yardımcısı olduğunu öğrenmemiz fazla zaman almadı. Ben, bankanın kapısındayken Ali aradı. Otobüs firması bir cep telefonundan aranmıştı. Telefon Rasim Ergen adındaki kişiye aitti. Daha da ilginci, bu kişi şu anda benim kapısında bulunduğum bankada çalışıyordu.

Kimliğimi gören Rasim Ergen'in beti benzi attı. Hiç duraksamadan başladım sorguya.

"Taci'nin Van'da ne işi vardı?"

Rasim yutkundu.

"Bilmiyorum..."

"Bilmiyorsun da neden Van'daki otobüs firmasını aradın?"

"Ama" dedi.

"Aması maması yok. Van'daki otobüs firmasını sen aramadın mı?"

Elleri titremeye başladı.

"Bak Rasim, gerçeği anlatırsan, ben de sana elimden gelen yardımı yaparım."

Rasim konuşmaya başlamadan önce masada duran bardaktaki sudan bir yudum içti.

"Böyle olsun istemezdik. Taci bizim arkadaşımızdı. Sadece şaka yapmak istemiştik. Çünkü Taci ağır şakalarıyla hepimizi bezdirmişti. Biz de Taci'nin doğum gününde içkisine uyku hapı koyup o gece Van'a giden bir otobüse bindirmeye karar verdik. Bir barda kutlama yapacak, sonra da planımızı uygulayacaktık."

"Bu planı kimler yaptı?"

"Buradaki herkes. En yoğun zamanımızda bir telefon gelir, babanız öldü, diye. İşi gücü bırakıp eve koştururuz. Taci şaka yapmıştır. Zam haberleri yayılır. Hepimiz buna inanırız, sonra anlarız ki Taci şaka yapmış. Adam hiç üşenmeden, milli piyangoda kazanan bileti taklit ederek bizi kandırdı. Ama en korkuncu, Aysun'u hamile bıraktım, bu yüzden onunla evleniyoruz, diyerek hepimizi nikah dairesine kadar sürüklemesiydi. Oraya kadar yorulduğumuz neyse de aldığımız hediyeler de elimizde kaldı... Biz de ona bir ders verelim dedik."

"Taci'nin içkisine uyku hapını kim koydu?"

"Ben koydum. Babam eczacıdır. Dört tane koyarsan ona zararı olmaz, sadece iyi bir uyku çeker, dedi. Keşke yapmasaymışız, adamcağızın ölümüne neden oldum..."

O sırada içeriye giren genç kadın, "Neler oluyor Rasim?" diye sordu.

"Gel Aysuncum" dedi Rasim. "Beyefendi cinayet masasından Komiser Nevzat."

Kim olduğumu öğrenen kadının da yüzü sarardı.

"Siz, Taci'nin evleneceğim dediği kadın olmalısınız" dedim. "Buyrun oturun lütfen."

Tedirgin bir halde karşımdaki koltuğa oturdu kadın.

"Doğum gününde siz de var mıydınız?"

"Evet, vardım."

"Rasim'in anlattığı kadarıyla Taci'nin şakalarına ortak olmuşsunuz."

Kadın anlamamıştı, arkadaşına baktı.

"Şu nikah meselesi" diye açıkladım. "Sizin onayınızı almadan insanlara Aysun'la evleniyorum, diyemezdi herhalde."

"Evet, çok eğleneceğiz diyerek beni kandırdı. Sonradan pişman oldum ama iş işten geçmişti."

"Peki Taci'nin şakalarından ciddi olarak zarar gören başkaları da var mı?"

Rasim düşünürken Aysun yanıtladı.

"Güvenlik görevlisi Murtaza. Taci, İspanya gezisinden dönerken ona bir puro getirmişti. Tabii her zamanki sululuğuyla içine de barut koymuştu. Ancak bu kez barut fazla kaçmış olmalı ki, Murtaza'nın gözleri yandı. Zavallı adam mesleğini yapamaz hale geldi. İşten ayrıldı. Şimdi Mısır Çarşısı'nda zirai ilaçlar satan bir dükkânda çalışıyor."

"Zirai ilaçlar mı?"

"Evet, bilirsiniz işte tarlaya zarar veren hayvanları, haşereleri imha etmek için yapılan ilaçlardan" diye açıkladı Aysun.

"Murtaza da doğum gününe katılmış mıydı?"

"Katılmıştı. Çünkü o kötü şakadan sonra Taci ondan özür dilemiş, bütün sağlık masraflarını da karşılamıştı. Ayrıca bankadan ayrılınca Mısır Çarşısı'ndaki işi de o ayarlamıştı. Zaten Taci, o şakayı yapmadan önce Murtaza onun suç ortağıydı. Ama Taci en yakın arkadaşına bile şaka yapmadan duramadı."

"Şey, Nevzat Bey" dedi Rasim, "Bu durumda bizi tutuklayacak mısınız?"

"Hayır" dedim, "Taci uyku ilacından değil, bir tür zehirden öldü. Otopsi sonuçlarına göre hiç uyku ilacı almamış."

Rasim ve Aysun şaşkınlıkla birbirine bakarlarken ben kalktım.

Ali'yle buluşup Murtaza'nın çalıştığı dükkâna yollandık. Dükkânın içi tuhaf tuhaf kokuyordu. Kimyasal gübreler, üzerinde böcek, fare resimleri olan ilaç kutuları. Murtaza'yı bu kutuları yerleştirirken bulduk. İri yarı, çam yarması gibi bir adamdı. Taci'nin yaptığı şakanın arazı olacak, koyu renkli bir gözlük kullanıyordu. Polis olduğumuzu öğrenince ötekiler gibi heyecanlandı.

"Sizin sattığınız zirai ilaçlardan biriyle zehirlenmiş" deyince iyice beti benzi attı.

"Zirai ilaç mı? Biz onun içkisine uyku ilacı koyduk sadece..." Durdu, yüzümüze baktı. "Ben onun içkisine zirai ilaç filan koymadım" dedi. "Zaten gecenin başında sızıp kalmışım."

"Niye? İçkiye dayanıklı değil misin?"

"Çok dayanıklıyımdır ama o gece ikinci kadehte dağıldım."

"İşte bu ilginç" dedim. "Sakın uyku ilacı katılmış içkiyi içmiş olmayasın?"

Murtaza'nın gözlerinden bir parıltı geçti.

"Evet, olabilir. Çünkü Taci'yle yanyana duruyorduk."

"Belki de o seninkini, sen de onunkini içmişsindir. Belki de katil seni öldürmek istiyordu."

"Beni mi?" dedi şaşkınlıkla Murtaza. "Beni niye öldürsünler? Kimseye kötülük etmedim ki."

"Şakalarında Taci'ye yardım ediyormuşsun. Canını yaktığınız biri yok mu?"

"Benim katıldıklarım hep masum şakalardı. En ağırı Aysun'a yaptığımız nikah şakasıydı."

"O şakadan Aysun'un haberi yok muydu?"

"Yoktu tabii. Zavallı, gerçekten evleneceğini sanıyordu. Taci, Aysun'un nüfus kâğıtlarını filan istedi. 'Murtaza'nın evlendirme dairesinde tanıdıkları var. İşleri halleder' dedi. Aysun'un zaten kimi kimsesi yok. Taci'ye de alttan alta vurgun. İlişkileri filan da vardı. Ona da evleneceğiz, demiş. O şakada en çok yıkılan Aysun oldu zaten. Allahtan kız akıllı. Ben şakayı biliyordum, diyerek işi pişkinliğe vurdu. Ama çok üzüldü."

"Peki Taci'nin şakasından zarar gören başka kimler var?"

"Rasim de zarar gördü aslında. Şimdi bu Taci, birgün sesini değiştirerek, evinde yangın çıktı diyerek Rasim'i arıyor. Rasim de hemen telefona sarılıp öğretmen olan karısına ulaşmaya çalışıyor. Ancak kadını okulda bulamıyor, cep telefonu da kapalı. Rasim atlayıp evine gidiyor. Eve gidiyor ki yangın yok. Yine de emin olmak için anahtarla kapıyı açıp içeri giriyor ki karısı en yakın arkadaşıyla yatakta. Yani Taci'nin şakası Rasim'in yuvasının yıkılmasına neden oluyor. Gerçi burada Taci sorumlu değil ama o şakayı yapmasaydı Rasim de eve gitmeyecek, belki de evliliği yıkılmayacaktı."

"Taci seni de çok üzmüş" dedim. "Neredeyse kör oluyormuşsun."

"Allah korudu. Taci bazen şakanın dozunu kaçırırdı. Ama iyi adamdı."

"Onun yüzünden işini kaybetmişsin" dedi Ali. "Hiç kızmadın mı Taci'ye?"

"Kızdım tabii ama sonra bana yardımcı oldu. Bu işi bile o buldu. Kötü bir niyeti yok. Şaka yapmadan duramıyordu işte."

Yeniden aracımıza bindiğimizde, "Murtaza, Rasim ve Aysun. Üçü de yapmış olabilir bu işi" dedi Ali.

"Bence Murtaza masum. Öteki ikisini araştırmamız lazım."

"Bize eksik bilgi verdikleri için mi?"

"O da var ama Murtaza'nın, sattığı malzemeyi kullanarak Taci'yi öldüreceğini sanmıyorum. O kadar aptal değil."

"Haklısınız Amirim. Aysun'la Rasim'i sorguya mı alalım?"

"Henüz değil. Sen Rasim'le Aysun'un fotoğraflarını yanına alıp zirai ilaç satan dükkânları dolaş. Bu ikisinden biri son günlerde zirai ilaç almış mı?"

Ali'nin suratı asıldı.

"Bu iş biraz delinin pösteki saymasına benzeyecek" dedi.

"Niye, o kadar fazla zirai ilaç satan dükkân olduğunu sanmıyorum."

"Ya marketler Amirim..."

"Ne yapalım Ali? Gerekirse bir ekip kur. Bunu öğrenmemiz lazım."

Baktı, yapacak başka bir şey yok.

"Başüstüne Amirim" deyip çıktı çocuk.

Ben de ertesi gün bankaya gittim, Sosyal İşler Bölümü'ne başvurarak Aysun'un son bir yıllık sağlık giderlerini araştırdım. Üç kez doktora gitmişti, bunlardan biri jinekologtu. Hiç vakit yitirmeden jinekoloğun yolunu tuttum. Doktor önce hastası hakkında bilgi vermek istemedi. Bir cinayet soruşturması olduğunu duyunca yumuşadı. Tahminim doğru çıkmıştı. Aysun gerçekten de hamile kalmıştı. Büyük ihtimalle Taci'den ama bunu kesinleştirmek için Aysun'la konuşmam gerekiyordu. Ancak daha önce Ali'nin zirai ilaç dükkânlarının araştırma sonuçlarını beklemeliydim.

Çok beklemedim, benim becerikli yardımcım, akşam damladı merkeze. Hem de elinde işimizi oldukça kolaylaştıracak bilgilerle. Aysun bir ay önce, yani bu şakanın tezgâhlandığı günlerde, Taci'yi öldüren zehirden almıştı.

"Nasıl buldun?" diye sordum Ali'ye.

"Kredi kartı sayesinde Amirim. Aysun'un kredi kartlarının izini takip ettim. Bir marketten alışveriş yapmış."

Hemen o gece Aysun'u emniyette sorguya aldık. Öğrendiklerimizi birer birer açıkladım. Sükûnetini hiç bozmadan dinledi anlattıklarımızı. Sonra dudaklarında kendinden emin soğuk bir gülümsemeyle yüzümüze baktı.

"Bunlar benim katil olduğumu kanıtlamaz" dedi. "Evet, hamile kaldım. Hem de Taci'den. Evet, o ilaçtan satın aldım. Çünkü evimde fare vardı. Ama Taci'yi ben öldürmedim."

"Doğum gününde gittiğiniz barın kamerası öyle söylemiyor ama" dedim.

Aysun'un yüzündeki kendinden emin ifade tuzla buz oldu.

"Kamera mı?" diye söylendi.

"Evet, güvenlik kamerası. Taci'nin önündeki kadehi Murtaza'ya verdiğinizi, ardından eski sevgilinizin kadehine bir şeyler döktüğünüzü açıkça gösteriyor."

Aysun'un bakışları önüne düştü. Bir süre öylece kaldı.

"Alçak herifin biriydi. Dünyanın en bencil insanıydı. Ben öldürmeseydim, eminim bir başkası öldürecekti."

"Keşke o kişi siz olmasaydınız Aysun Hanım" dedim.

"Keşke" diye mırıldandı ama gözlerinde incinmiş bir kadının hiçbir zaman dinmeyecek öfkesi vardı hâlâ.

Davulcu Davut'u Kim Öldürdü?

Davulcu Davut'un cesedi, Kuzguncuk'taki Ayios Panteleymon Kilisesi'nin kapısında sabah namazı için camiye gidenler tarafından bulunmuştu. Zavallı adam, sırtı kilisenin nakışlı kapısına dayalı, göğsü saçma yaralarıyla delik deşik, öylece yatıyordu. Ramazanda davul çalan birinin öldürülerek kilisenin kapısına bırakılması manidardı. Sıradan cinayetleri değil karmaşık entrikaları çağrıştırıyordu insana. Sakinlerinin dostça yaşadığı bu şirin semtte birileri din ayrımını körüklemek mi istiyordu? Yoksa işin içinde başka hesaplar mı vardı?

"Sarhoş ressamın işi bu" dedi cesedin başına toplanan kalabalıktan biri. Adamın simsiyah bıyıkları vardı; çakmak çakmak yanan ela gözleri, en namuslu kadınların bile aklını çelebilecek kadar güzeldi.

"Nereden biliyorsun?" diye sordu yardımcım Ali.

"Bu ressam geçenlerde bir geceyarısı av tüfeğiyle kovaladı davulcuyu."

Adamın sözleri vurgulayışında bir apaşlık, bedenini kıpırdatışında bir kabadayı edası vardı.

"Yusuf doğru söylüyor" dedi bir başkası. Zayıftı, sakallıydı, sağ gözünün altında iri bir et beni vardı. "Kesinlikle ressam Hakkı yapmıştır bu işi."

"Öyle deme be Sait" diye seslendi, benim yanımda dikilen ve üzeri balık kokan bir adam. "Ressam Hakkı karıncayı bile incitemez."

Adının Yusuf olduğunu öğrendiğim yakışıklı tehditkâr bir tavırla öne çıktı.

"Nasıl incitemez İdris. Adam Allah'a inanmıyorum, demiyor mu? Allah'a inanmayanda merhamet olur mu?"

"Allah'a inanmayanda merhamet olmaz" diye Yusuf'u destekledi Sait.

"Sen buranın yerlisi misin?" diye sordum Yusuf'a.

"Yerlisiyiz Amirim. Dededen, atadan beri Kuzguncukluyuz. Babam fırıncıydı. Eski kulağı kesiklerden Racon Remzi. Ama yanlış anlamayın Amirim, it kopuk taifesinden değil, mahallenin namusunu kendi namusu bilen, delikanlı takımından. Şükür, biz de onun mirasçısı olduk. Hırsız uğursuz bulunmaz bu semtte. Evlerimizin kapısı açık uyuruz. Övünmek gibi olmasın bu biraz da bizim sayemizdedir. Ama her yere yetişemiyoruz işte. Bak o puşt ressam, öldürmüş zavallı davulcuyu."

Kalabalıktakilere döndüm.

"Davulcu Davut'u en son kim gördü?" diye sordum.

Az önce ressamı savunan balıkçı İdris, "Ben gördüm" dedi. "Dün akşam ev ev dolaşıp bahşiş topluyordu. Hatta ben de para yerine iki palamut verdim."

Başkaları da balıkçı İdris'i onaylarken, arkalarda bir velvele koptu. Davut'un kardeşi Şükrü gelmiş ağlıyor, bağırıyordu. Şükrü ilk şoku atlatınca, bir köşede sorguya aldık.

"Davut dün akşam gelmedi" dedi. "Arkadaşlarında kalmıştır, diye düşündüm. Ama sahurda da gelmeyince kaygılandım. O sırada acı haberi aldık işte..."

"Düşmanı var mıydı kardeşinin?"

"Vardı. Çingene Osman; evi Beylerbeyi'nde. Yapsa yapsa o yapmıştır bu işi."

"Neden?"

"Kuzguncuk'un kendi bölgesi olduğunu söylüyordu. Halbuki burada Ramazan davulunu biz çalarız. Geçen gün geldi, kahvenin ortasında küfretti. Biz de ağzının payını verdik. Kaçtı gitti. Demek ki pusu kurmuş... Kalleşçe vurdu kardeşimi..."

"Peki ressam Hakkı'yı tanıyor musun? Mahallede o yapmıştır, diyenler var."

"Yok, o yapmamıştır. Delinin biridir ama ressam Hakkı kimseyi öldürmez. Bakmayın sarhoş kafayla silah çektiğine... Bu, Çingene Osman'ın işi. Yedi, dağ gibi kardeşimi şerefsiz."

Ressam Hakkı ile Çingene Osman'ın adreslerini aldık Şükrü'den.

İlk ziyaretimiz ressam Hakkı'nın evineydi. Uykulu bir suratla açtı kapıyı.

"Ne istiyorsunuz?" diye terslendi baştan.

Kimliklerimizi gösterip, "Davulcu Davut ölü bulundu" deyince birden ayıldı.

"Öldürülmüş mü?"

"Evet" dedi Ali, "Söylenenlere bakılırsa sen öldürmüşsün."

"Ne? Ne diyorsunuz siz be? Saçmalamayın. Ben kimseyi öldürmedim."

"Av tüfeğin var mı?" diye sordum.

"Var."

"Davut'u o tüfekle kovalamışsın..."

"Kovaladım, gecenin bir yarısı kapımda kim davul çalarsa kovalarım. Ama ben kimseyi öldürmedim. "

"Dün akşam neredeydin?"

"Buradaydım, resim yaptım."

"Yanında kimse var mıydı?"

"Yoktu, çalışıyordum."

"Resim yaparken model filan olmaz mı?" diye araya giriyor Ali. "Kafadan mı yapıyorsun resimleri?"

"Kafadan yapmıyorum, model vardı; bir tabak dolusu elma. Ama elmalarla konuşmanız biraz zor olur."

"Tamam, tamam ukalalaşma" dedi Ali sertçe. "Hadi giyin, şu tüfeğini de al, merkeze gidiyoruz."

"Benim bir suçum yok" diyecek oldu ressam.

"Zorla mı götürelim?" diye uyardı.

Ali, ressamı merkeze götürürken ben de Çingene Osman'a yollandım. Beylerbeyi sırtlarında iki katlı bir gecekonduda oturuyordu. Olayı duymuştu. Kim olduğumu öğrenince beti benzi attı.

"Valla ben yapmadım Amirim" dedi, "Üç çocuğumun başına yemin ederim, ben yapmadım."

"Davut'un kardeşi Şükrü öyle demiyor ama..."

"Demez tabii. Piyasa kendisine kalsın istiyor dürzü. Evvelce bunlar yoktu Amirim, buralarda hep ben davul çalardım. Sonra bunlar geldi. Ben hakkımı arayınca da üzerime saldırdılar. İnsanlık yok onlarda. Hele o Şükrü denen it. Belki kardeşini de o öldürmüştür." Gözlerinden vahşi bir parıltı geçti. "Sahi söylüyorum Amirim. İki kardeş para için kaç defa bıçak çektiler birbirlerine. Yusuf Abi araya girmese çoktan öldürmüşlerdi birbirlerini."

"Yusuf Abi dediğin adam, şu iri yarı adam mı?"

"Evet, Kuzguncuk'un en harbi delikanlısıdır. Babası da eski kabadayılardandır."

"Dün gece neredeydin?" diyerek yeniden konuya döndüm.

"Nerede olacağım Amirim, iftardan sonra kahveye çıktım, sonra da eve dönüp yattım. Malum, sahurda insanlar uyanmak için bizim davulumuzu bekler. İnanmazsanız bizim köroğluna sorun."

Köroğlu dediği de karısı. Kadın Osman'ı doğruladı. Onun sözlerine ne kadar güvenebilirdim ki? Ama Osman'ı gözaltına almak için elimde kanıt da yoktu.

Ertesi gün ölüm raporuyla birlikte ressam Hakkı'nın tüfeğinin balistik sonuçları da gelmişti. Davut'un ölüm saatinin akşam üzeri altı civarında olduğu yazıyordu. Daha ilginci, Davut tüfekle vurulmazdan önce boğularak öldürülmüştü. Katil sonra tüfekle ateş etmişti. Fakat bu tüfek ressamınkisi değildi. Anlaşılan ressamın, davulcuyu tüfekle kovaladığını bilen biri katildi. Davut'u önce boğarak öldürmüş, sonra suçu ressama yıkmak için tüfekle vurulmuş gibi göstermek istemişti.

"O zaman katil Çingene Osman olmalı Amirim" dedi Ali. "Elimizde başka zanlı kalmadı."

"Haklısın ama Çingene Osman'ın bu kadar ince düşüneceğini sanmıyorum. Adamla konuştum, andavallının biri. Ama katil kim dersen, hiçbir fikrim yok."

"Davut öldürüldüğü gün tek tek evleri dolaşıp bahşiş topluyormuş Amirim. Biz de evleri dolaşsak, bakalım en son hangi eve girmiş. Belki oradan bir ipucu yakalarız."

Ali'nin önerisi mantıklıydı. Yeniden Kuzguncuk'a yollandık. 'Davut bahşiş almak için bizim eve uğradı' diyen balıkçı İdris'in tezgâhına gittik önce. İdris'i de yanımıza alıp komşularını dolaşmaya başladık. İlk gittiğimiz gençten bir kadındı, İdris'ten sonra ona uğramış Davut. Kadın, İdris'in bahşiş yerine verdiği iki palamutu görmüş Davut'un elinde. Ev ev nerdeyse bütün Kuzguncuk'u gezerek zavallı davulcunun öldüğü gün izlediği güzergâhı dolaşmaya başladık. Mezarlığın sokağına gelince, küçük bahçeli, tek katlı bir ev gözümüze çarptı.

"Burası kimin?" diye sordum.

"Yusuf'un evi" dedi balıkçı İdris.

"Bu Yusuf, sevilen biri galiba..."

"Sevilir, hem de çok sevilir. Yiğittir, herkesi kollar. Kimsenin ekmeğine göz dikmez. Namuslu adamdır, mahallelinin karısına kızına bakmaz."

"Bak buna şaşırdım işte" dedi Ali. "Oldukça yakışıklı adam. Mahalledeki kızlar filan onu baştan çıkarmaya kalkmadı mı?"

"Kalkmıştır ama Yusuf yüz vermez onlara. Hep erkek meclisinde bulunur."

"Evli mi bu Yusuf?" diye girdim araya.

"Bekârdır Amirim. Hiç evlenmedi."

"Sevgilisi, kız arkadaşı filan..."

"Benim bildiğim yok. Dediğim gibi harama uçkur çözmez bizim Yusuf."

Balıkçının Yusuf'a toz kondurmaması Ali'nin canını sıkıyor.

"Harama uçkur çözer diyen mi var? Sadece kız arkadaşı yok mu, diye soruyoruz."

"Yoktu Amirim..."

Kapıya gelince, İdris zili çalmak yerine, kapıyı eliyle iteledi. Kapalı olduğunu anlayınca, "Allah Allah, Yusuf kapıyı kapatmış" dedi.

"Ne yani adamın kapısı açık mı duracaktı?" diye sordum.

"Amirim buralarda kimse Yusuf'un evine girmeye cesaret edemez. Babası Racon Remzi'den bu yana kapıları kilitsizdir."

Biz konuşurken kapı açıldı. Yusuf'un yakışıklı yüzü göründü. Şaşkınlığını çabuk atlattı.

"Ooo, buyrun Amirim" dedi.

Bizim yerimize İdris açıkladı.

"Davut'un davası."

"Haa" dedi Yusuf. Bizi içeri davet etmesini bekledim, yapmadı.

"Davut öldürüldüğü gün sana uğradı mı?" diye sordum.

"Yoo, uğramadı. Uğraması mı gerekiyordu?"

"Senin eve gelinceye kadar herkese uğramış" dedim.

"Bana uğramadı."

"Sen o saatte evde miydin?" diye araya girdi Ali.

Hangi saat diye sormasını beklerdim, yine yapmadı.

"Evdeydim" dedi. "Ama Davut bana uğramadı."

"Yanında kimse var mıydı?"

"Sait vardı. İlkokuldan arkadaşım. Sapanca'da oturur. Arada bir ziyaretime gelir."

"Soyadı var mı bu Sait'in."

"Sait Kızıklı."

"Bu Sait geçen gece senin yanındaki sakallı adam mı?"

"Evet, o gece bırakmadım, bende kaldı."

"Peki, evinde av tüfeği var mı?"

Yusuf'un rengi değişir gibi oldu.

"Ne oluyoruz Amirim, bizden mi şüpheleniyorsunuz yoksa?"

"Sadece soruyorum, av tüfeğin var mı?"

Onun yerine İdris yanıtladı.

"Rahmetli babasının çok güzel bir tüfeği vardı. Remzi Abi bu bölgenin en iyi avcısıydı."

Yusuf'un evinden sonraki komşular da tıpkı Yusuf gibi Davut'un kendilerine gelmediğini söylediler. Eğer Yusuf doğru söylüyorsa, Davut ona gelmeden öldürülmüş olmalıydı. Ama davulcunun Yusuf'tan önce uğradığı evde, yaşlı bir Rum olan Madam Sula'dan başka kimse oturmuyordu. Bu iyiliği yüzüne yansıyan yaşlı Rum kadınının Davut'u boğup sonra silah sesinin duyulmayacağı bir yere taşıyıp av tüfeğiyle ateş etmesi imkansızdı.

Merkeze dönünce Yusuf ile Sait adındaki arkadaşının dosyalarını araştırdık. Yusuf'un birkaç kavga, adam yaralama dışında vukuatı yoktu. Ama çocukluk arkadaşım dediği Sait Kızıklı tam üç kez erkek çocuklara sarkıntılıktan içeri girmişti. Dosyadaki lakabı da Kulampara Sait'ti. Dosyayı okuduktan yüzüme bir gülümseme yayıldı.

"Ne oldu Amirim?" dedi Ali.

"Galiba olayı çözdüm" dedim.

"Ama önce şu Yusuf'la Sait'i gözaltına alalım."

Akşam Yusuf ile Sait'i ayrı ayrı odalarda sorguya aldık. Sait ne sorsak inkâr etti. Adamın ağzından laf almak imkânsızdı. Yusuf da başlarda direndi. Sakin görünmeye çalışarak, "Yanlışınız var Amirim" dedi. "Niye öldüreyim ben Allahın garibanını?"

"Çünkü Sait'le sevişirken sizi gördü" dedim.

Suratı kıpkırmızı oldu.

"Sen, sen diyorsun be!" diye diklenecek oldu.

Omzundan bastırıp oturttum karşıma.

"Hiç sinirlenme aslanım" dedim gözlerinin içine bakarak. "İnkâr edersen, seni tıbbi muayeneye yollar, eşcinselliğini doktor raporuyla tescillettiririm."

Bakışlarını kaçırdı.

"Hem Sait, işlediğiniz cinayeti çoktan itiraf etti. Anlattığına göre, Davut'u boğan da senmişsin."

"Yalan! İkimiz birlikte yaptık."

Ağzından dökülen bu sözcükler onu tedirgin etmişti. Yanlış mı yapıyordu? Onu cesaretlendirmek için, "Hadi Yusuf" dedim "Olanları biliyoruz zaten. İtiraf edersen, suç senin üzerine kalmaz. Cezan hafifler."

"Ceza umrumda değil, anlatacağım ama siz de bana söz vereceksiniz."

"Ne sözüymüş o?"

"Davut'u neden öldürdüğümüzü mahalleliye söylemeyeceksiniz. Beni mahalleliye ifşa etmeyeceksiniz. Racon Remzi'nin oğlu ibneymiş dedirtmeyeceksiniz."

Yanıt alamayınca yalvardı:

"Ne olur Amirim" dedi. "Beni ipe yollayın ama mahalleliye rüsva etmeyin."

"Sen olanları anlat bakalım da bir şeyler düşünürüz."

"Sait'le ben bu işe çocukken başlamıştık. Sonra onlar Sapanca'ya taşındı. Görüşmez olduk, bu işe de ara verdik. Ama bir gün Sait geldi ve olan oldu, yeniden başladık. Ama bu işten rahatsız oluyordum, Davut'un öldüğü gün, Sait'i çağırdım. Bu işi bitirmek için konuşacaktım. Fakat olmadı, ayrılamadık. Bu arada her zamanki gibi kapıyı kilitlememişim. Davut bahşiş toplamak için gelmiş. Farkında değiliz, kapıyı itip içeri girince bizi yatakta, o halde gördü. Artık onu bırakamazdık. Sait'le birlikte boğduk. Suçu deli ressamın üzerine yıkmak için, Sait'in arabasına atıp koruya götürdük. Tüfekle ateş ettik, sonra da Ayios Panteleymon Kilisesi'nin kapısına bıraktık..."

Ölü Bebekler Apartmanı

Olay yeri Cihangir'deki Şahsuvar Apartmanı'ydı. Kadının cesedi beşinci kattaki dairenin kapısının önündeydi. Zavallıcık, açık duran kapının arasında uzanıp kalmıştı. Kurumaya yüz tutmuş kana basmamaya çalışarak içeri girdim. Yardımcım Ali, "Bakın Nevzat Amirim" dedi, "Cinayet silahı da orada." Yerde, kanlı bir emek bıçağı duruyordu. Bıçağa bakarken, zemindeki kan dikkatimi çekti. Maktül ölmeden önce yerde sürüklenmiş ya da kendi kendine sürünerek kapıya kadar gelmiş olmalıydı. Yakından bakınca kan izlerinin üzerinde bir çift ayak izi gördüm. Ayak izlerinden biri ötekine göre daha belirgindi. Sanki adam bir ayağını daha sağlam basmıştı yere. Kan izleri yatak odasında son buluyordu, ayak izleri de öyle. Kadın yatak odasında bıçaklanmış olmalıydı. Gözlerim açık çekmecelere takıldı. O anda dışarıdan gürültüler duyuldu. Ali'yle birlikte kapıya döndük. Yüzü kâğıt gibi bembeyaz olmuş bir adam memurlarla konuşuyordu. Sesi öyle kesik kesik çıkıyordu ki, sadece "O benim karım" dediğini anlayabildim. Ali'ye adamı götürüp sakinleştirmesini söyledim. Sonra memurlara, cinayeti bize bildiren kapıcı Nizam'ı getirmeleri talimatını verdim. Ben de kapıyı incelemeye koyuldum, zorlanmamıştı. Apartmanda ne yangın merdiveni vardı, ne de bitişiğinde bir bina. Yeniden yatak odasına girdim. Açık çekmeceleri inceledim. Hiç mücevher göze çarpmıyordu. Oysa burada yaşayanlar varlıklı kişilerdi. Mutfağa

yöneldim. Ali, adamcağızı bir iskemleye oturtmuştu. Belki adamın sakinleşmesini beklemeliydim ama yapamadım.
"Karınızın mücevherleri var mıydı?" diye sordum.
Adam tuhaf bir ifadeyle yüzüme baktı.
"Ne... Ne dediniz?"
Sorumu yineleyince, "Vardı" dedi, "Karım mücevherleri çok severdi."
"Ama ortalıkta görünmüyorlar."
Adamın yüzünde derin bir şaşkınlık belirdi.
"Yoksa çalmışlar mı?"
"Öyle görünüyor, bir de siz bakın."
Kadının çekmecelerini bir de kocası karıştırdı.
"Evet, hepsini çalmışlar!"
Bizim Ali anında koydu teşhisi:
"Demek ki bu cinayet bir hırsızın işi."
Ali'nin tahmini sanki adamın acısını azaltmıştı.
"Evet, evet... Karımı hırsızlar öldürmüş."
Onlar hükümlerini vermişken, kapıcıyı alması için yolladığım memur, "Amirim, adamı getirdim" diyerek girdi. Bir ayağı aksak, kısa boylu bir adam da onu takip etti.
"Buyrun Amirim, beni emretmişsiniz."
"Anlat bakalım Nizam, cesedi nasıl buldun?"
"Akşam servisi için çıkmıştım. Kapı açıktı, yaklaşınca Ayşe Hanım'ın kanlar içinde yattığını gördüm."
"İçeri girdin mi? Bir şeye dokundun mu?"
"Yok, sadece Ayşe Hanım diye seslendim..." Kadının kocasına baktı. "Belki yaralıdır, yardım edeyim, dedim Halim Bey. Fakat Ayşe Hanım çoktan sizlere ömür..."
"Peki apartmanda yabancı birilerini gördün mü?" dedim.
Anlamamış gibi baktı.
"Hırsız kılıklı birileri filan" diye açıkladı Ali.
"Kimseyi görmedim... Sadece bir ara dış kapı hızla kapandı. Sokaktan koşarak uzaklaşan bir adam gördüm ama önemsemedim. O adam mı öldürmüş?"
"Hırsızlar, hırsızlar öldürdü karımı" diye acıyla söylendi Halim.

Şahsuvar Apartmanı, Cihangir'in ana caddesine açılan dar sokaklardan birindeydi. Apartmandan çıkar çıkmaz, köşedeki çiçekçi tezgâhı çarptı gözüme. Ali'ye döndüm.

"Sen merkeze git, şu kapıcıyı bir araştır. Sabıkası var mı, yok mu anlayalım."

Ali ne demek istediğimi anlamadı ama itiraz da etmedi. Onu yolladıktan sonra çiçek tezgâhına yaklaştım. Çiçekçi siyah gözlüklü bir adamdı. Mis gibi kokular yayan rengârenk çiçekler arasında, bir Budha heykeli gibi kıpırtısız oturuyordu.

Kendimi tanıttıktan sonra, "Birkaç saat önce koşarak uzaklaşan birini gördünüz mü?" diye sordum.

Adamın dudaklarına acı bir gülümseme yayıldı.

"Ben körüm."

"Özür dilerim, fark edemedim."

"Önemli değil" dedi hiç alınganlık göstermeden. "Sorunuza gelince, buradan kimse koşarak geçmedi. Geçseydi duyardım. Niye soruyorsunuz?"

"Şahsuvar Apartmanı'nda bir kadın öldürüldü."

Kör adamın kıpırtısız yüzü allak bullak oldu.

"Yoksa, Halim Şahsuvar'ın karısı Ayşe Hanım mı?"

"Nerden biliyorsunuz?" diye sordum merakla.

"Bilmiyorum, sadece tahmin ettim... O apartman lanetli..."

"Lanetli mi?"

Kör adam sanki görüyormuş gibi Şahsuvar Apartmanı'na baktı.

"Nimet Hanım'ın laneti" diye fısıldadı. "Halim Bey'e, Nimet Hanım'dan sonra evlenme demiştim. Dinlemedi. Bakın ikinci karısı da öldü işte."

"İlk karısı da mı ölmüştü?"

"Evet, beş yıl önce balkondan düştü. Zavallı kadın iki aylık da hamileymiş. Halim Bey yıkıldı. Daha tuhafı geceleri apartmanda Nimet Hanım'ın ruhunu görmeye başladığını söyledi. Akıl hastanesine yatırdılar. Hastaneden çıkınca, ona bir daha evlenme, Nimet Hanım sana huzur vermez, dedim..."

Kör çiçekçi saçmalamaya başlamıştı, onu korkularıyla bırakıp emniyetin yolunu tuttum.

Ali çok çabuktur, onun bu özelliğini çok severim. Ofise girer girmez kapıcının dosyasını koydu önüme.

"Adam hırsızlıktan sabıkalı Amirim."

"Tahmin etmiştim" diye mırıldandım.

Ali safça yüzüme baktı.

"Nasıl tahmin ettiniz Amirim?"

"Fark etmedin mi, adamın ayağı aksıyordu. Kanların üzerindeki ayak izlerinde, ayakkabılardan biri daha sağlam basmıştı yere. Öteki silikti, yere sürtünmüştü."

"Haklısınız" dedi Ali utanarak, "Bu ayrıntıyı kaçırmışım. Yani katil Nizam."

Gülümseyerek yüzüne baktım.

"Dosyada Nizam'ın cinayet işlediği ya da birilerini yaraladığı yazıyor mu?"

"Yok, sadece hırsızlık. Ama bu, cinayet işlemeyecek anlamına gelmez."

"Haklısın Alicim" dedim esneyerek, "Ama bize delil lazım. Hadi sen doğru Şahsuvar Apartmanı'na. Kapıcı Nizam'ın dairesini bir araştır. Bakalım mücevherler orada mı?"

Ali çıktıktan sonra telefonu çevirdim. Cesede otopsi yapılması için gerekli talimatları verdim. Artık akıl hastanesinin yolunu tutabilirdim.

Akıl hastanesinde Halim Şahsuvar'ın, daha doğrusu Şahsuvar ailesinin dosyasını bulmak zor olmadı. Şahsuvar ailesinin diyorum çünkü, Halim Bey'in babası da, büyükbabası da şizofren teşhisiyle hastanede tedavi görmüştü. Ancak Halim Şahsuvar'ın şizofren olduğuna dair belirti yoktu. İlk karısının ölümünden sonra derin bir depresyon geçirmiş, bu yüzden hastanede bir süre tedavi görmüştü. Şizofren hastalığının kalıtsal olabileceğini düşünen doktorlar, bu süre boyunca Halim'in davranışlarını kontrol etmişlerdi. Ama sonuçta Halim'in hasta olmadığına karar vermişlerdi.

Halim'in iki karısının da ölmüş olması bir raslantı mıydı, yoksa aynı nedenle işlenmiş cinayetler miydi? Merkeze döndüğümde bu soruya henüz yanıt bulamamıştım. Oysa bizim Ali olayı çözmüş; Nizam'ın evinde yaptığı aramada Ayşe Hanım'ın mücevherlerini bulunca, katili yakaladığından tamamen emin olmuştu.

Gözaltına aldığımız Nizam suçu kabul etmedi. İfadesi kısaca şöyleydi: "Dairenin kapısını çaldım. Kimse açmadı. Ayşe Hanım'ın evde olduğunu biliyordum. Akşam yemeği için sipariş vermişti. Israrla çalmayı sürdürdüm. İçeriden bir inilti duydum. Beklemeye başladım. Sonunda zavallı, güçlükle kapıyı açtı. Açar açmaz da yere yığıldı. Sırtında ekmek bıçağı saplıydı. Onu kurtarırım umuduyla bıçağı çıkardım. Fakat çok geçti: ölmüştü. İşte o anda açgözlülüğüm tuttu. Şeytana uyup mücevherleri aldım ama onu ben öldürmedim."

Nizam bizi kandırmaya çalışıyor olabilirdi ama nedense içimden bir ses ona inanmamı söylüyordu. Ertesi gün otopsi sonuçlarında Ayşe Hanım'ın da hamile olduğu ortaya çıkınca daha çok inandım onun söylediklerine. Ayşe Hanım'ın jinekoloğuyla görüşmenin zamanı gelmişti.

Jinekolog, hastasının cinayete kurban gittiğini öğrenince, "Yazık" dedi başını sallayarak, "Demek Nimet Hanım gibi o da öldü."

"Yoksa siz Nimet Hanım'ın da mı doktoruydunuz?" diye sordum.

"Evet, zavallı kadınlar her ikisi de çocuk doğurmaktan korkuyorlardı."

"Neden çocuk doğurmaktan korkuyorlardı?"

"Şahsuvar ailesindeki iki kuşak erkeklerin şizofren olmasından."

"Anlamadım" dedi Ali. "Bunun doğacak çocuklarla ne ilgisi var?"

"Şizofreninin kalıtımsal olduğuna dair yaygın bir görüş var. Halim'in efendiliğine, servetine kanan Nimet Hanım da, Ayşe Hanım da önce onunla evlendiler, ancak şizofren olayını öğrenince, çocuklarının hasta olmasından korktukları için kürtaj olmak istediler."

"Peki, Halim ne dedi bu işe?"

"Ne diyecek, karşı çıktı ama kadınlar onu dinlemedi. Kürtaj olmak için gün bile aldılar. Ne yazık ki zamanları kalmadı. Zavallılar aldırmak istedikleri çocuklarıyla birlikte öldüler."

Jinekologtan ayrıldığımızda Ali'nin de içine bir kurt düşmüştü ama hâlâ Kapıcı Nizam'ın katil olduğu düşüncesinden vazgeçmiş değildi. Benim emektar Renault'ya binerken, "Şahsuvar Apartmanı'na gidelim" dedim Ali'ye.

Apartmanın bulunduğu sokağa gelince, doğru kör çiçekçiye yöneldik. Adam sesimden hemen tanıdı beni.

"Oo, buyrun Nevzat Bey. Cinayetten bir sonuç çıktı mı?"

"Yakında bir sonuca ulaşacağız. Geçen gelişimde, birkaç saat önce buradan biri koşarak geçti mi diye sormuştum."

"Ben de hayır, demiştim."

"Peki aynı saatlerde Halim Bey sokaktan geçti mi?"

Çiçekçi duraksadı. Siyah gözlüklerinin ardındaki gözlerini görmüyordum ama kararsızlığı yüzünden okunuyordu.

"Bakın, bu ölen ikinci kadın" dedim. "Bir üçüncü ölmesin istiyorsanız yardım etmelisiniz."

Derinden bir iç geçirdi.

"Halim'in babası yakın arkadaşımdı. O da oğlu gibi çok iyi bir insandı aslında. Varlıklılardı, her şeyleri vardı ama bu hastalık mahvetti onları... Zavallı insanlar..." Kısa bir duraksamanın ardından, kararlılıkla sürdürdü sözlerini. "Evet" dedi, "Söylediğiniz saatlerde Halim gergin adımlarla geçti sokaktan."

"İyi ama nasıl anladınız geçen kişinin Halim olduğunu?" diyecek oldu Ali.

"Gözleriniz görmeyince kulaklarınız görme vazifesini de yerine getirir. Size aynıymış gibi gelen sesler, benim için birbirinden çok farklı renkler gibidir. Günde en az iki kez önümden geçen Halim'in ayak seslerini tanımaz mıyım?"

Şahsuvar Apartmanı'nın kapısından içeri girerken, sokağa akşam çöküyordu. Benim için olay aydınlanmıştı ama hâlâ Halim Şahsuvar'ı hapishaneye ya da akıl hastanesine yollayacak delil yoktu elimizde. Yine de bir itiraf almak umuduyla, merdivenleri tırmanmaya başladık. Dairenin ziline basmak üzereydik ki, içeriden Halim Şahsuvar'ın bağrışları duyuldu.

"Gidin... Katiller... Bebek katilleri... Çocuklarımı öldürdünüz... Şimdi de beni mi öldüreceksiniz..."

Adam kriz geçiriyordu. Ardı ardına zile basmamız fayda etmeyince kapıyı yumruklamaya başladık. Ama Halim Şahsuvar bizi duymuyordu. Öldürdüğü eşlerinin hayalleri öyle doldurmuştu ki kafasını, kapıda çıkardığımız gürültüyü fark edecek hali yoktu.

"Katiller, bebek katilleri... Gelmeyin üzerime gelmeyin" diye bağırarak hayaletlerle savaşıyordu. Ancak sesi giderek uzaklaşıyordu.

"Kapıyı kıralım" dedim Ali'ye ama aynı anda içeride bir gürültü koptu, ardından da derin bir sessizlik. Yardımcımla ben şaşkınlıkla birbirimize bakınırken, alt kattaki komşunun feryadı olanları açıkladı:

"Yetişin, yetişin Halim Bey balkondan düştü."

Aşağı indiğimizde Halim Şahsuvar çoktan ölmüştü, yüzü kan içindeydi ama iri kara gözlerinde, kaç zamandır hasret kaldığı huzurun dinginliği okunuyordu.

Örgüt İşi

Cezaevinde ziyaret ettiğim tek mahkûm, rahmetli Firdevs Teyze'min oğlu Celal'di. Üniversitede okurken, terbiyeli, çalışkan bir çocuktu. Ülkede işlerin yolunda gitmediğini fark etmiş, kendince düzeni değiştirmeye kalkışmıştı. Ne yazık ki, terörü bunu gerçekleştirmenin tek yolu olarak gören bir örgüte katılmış, bir silahlı çatışmada yaralı yakalanarak tutuklanmıştı. Firdevs Teyze'me söz verdiğim için Celal'le bağımı hiç kesmemiştim. Onu son görmeye gittiğimde bana oldukça soğuk davrandığını fark ederek, "Hayrola bir kusur mu işledik Celal" diye şaka yollu takıldım.

"Arkadaşlarımı suçsuz yere öldürdüler Nevzat Amca" dedi.

"Kim öldürdü?"

"Polisler, üç günahsız insanı yargısız infazla öldürdüler."

"Ya Celal, hep böyle diyorsunuz ama senin arkadaşların da" diyecek oldum.

"Yok Nevzat Amca öyle değil. Göz göre göre öldürdüler çocukları."

Söyleyeceklerine inanmasam da, "Peki anlat bakalım nasıl olmuş şu olay?" dedim.

"Her şey Aydemir ve Can isimli iki Türk ile İshak adında Musevi bir tefecinin öldürülmesiyle başladı. Tefecileri öldürenler, yanlarına bizim örgütün bildirisini bırakarak, onları halk adına cezalandırdıklarını açıklamışlardı. Polisler de bu bildiriden yola çıkarak, bizim çocukları takip ettiler ve bir evde kıstırarak üç arkadaşımızı öldürdüler. Basına da üç işadamının katili ölü olarak ele geçirildi, diye duyurdular. Oysa o adamları bizim örgüt öldürmedi.

"Başka bir örgüt öldürmüştür o zaman" dedim.

"Başka bir örgüt olsa bizim adımızı kullanmaz. İşin içinde başka bir iş var. Ama sizinkilere kurban gerek, bizim çocukların üzerine çullandılar hemen. Oysa gerçek katiller ellerini kollarını sallayarak geziyorlar."

Celal'in söyledikleri doğru olabilir miydi? Ben tanıdığım zamanlar dürüst bir çocuktu. Ama onu tanıdığım günlerin üzerinden çok zaman geçmişti. Belki de örgüt köşeye sıkıştığı için, Celal aracılığıyla beni kullanarak bu işten sıyrılmak istiyordu. Yok canım, bu olamazdı. Sol örgütlerin bir eylemi gerçekleştirip de sorumluluğunu üstlenmedikleri görülmüş iş değildi.

"Peki cinayetleri kimin işlemiş olabileceğine dair bir fikriniz var mı?" diye sordum.

"Ne yazık ki yok" dedi Celal.

Ona bu işle ilgileneceğim demedim ama cezaevinden ayrılınca "Terörle Mücadele"den Başkomser Asım'ı aradım. Eski arkadaşımdı, hatırımı kırmazdı. Celal'le görüşmemizi anlattım. Dosyaya bir de ben bakabilir miyim, dedim.

"Dosya kapandı Nevzat" dedi, "Durduk yerde başıma iş açma."

"Başına iş açmayacağım. Ya katiller gerçekten de dışarıdaysa?"

Bir süre sustu.

"Yav Nevzat, son günlerde İstanbul'da az mı cinayet işlenmeye başlandı?" diye sordu.

"Ne ilgisi var?"

"Baksana bizim işimize burnunu sokuyorsun."

"İşinize burnumu sokmuyorum. Sadece dosyaya bir göz atmak istiyorum."

"Bir teröristin sözlerine dayanarak soruşturmanın seyrini değiştiremeyiz."

"Soruşturmanın seyrini değiştirmene gerek yok ki. Sadece olayı öğrenmek istiyorum."

"Peki" dedi sonunda sıkıntılı bir tavırla, "Ama yukarıdakiler duymasın."

"Duymayacak."

Asım'ın en güvenilir memurlarından biri getirdi dosyayı. Üç işadamı da aynı gün, aynı saatte öldürülmüştü. Kurşunların sıkıldığı silahlar daha önce başka olaylarda kullanılmamıştı. Üçünün de yanına aynı bildirilerden bırakılmıştı. Bu bizim Celal'in örgütünün eylemi miydi bilmem ama organize bir iş olduğu kesindi. Üç maktülün ortak bir özelliği daha vardı; işyerleri Tahtakale'deydi. Böylece ilk ziyaret edeceğim yer belli olmuştu.

Tahtakale'de öldürülen Aydemir ile Can'ın işyerleri kapalıydı. Ancak Musevi işadamı İshak'ın işyerinde benimle konuşacak birini buldum. Genç ve yakışıklı üç oğluyla birlikte oturuyordu. Adı Nefruz'du, İshak'ın yardımcısıymış.

"İshak Bey tam olarak ne iş yapıyordu?" diye girdim sorguya.

"Para simsarıydı" diye açıkladı.

"Yani tefeciydi."

"Artık piyasada bu laf pek kullanılmıyor. İnsanlara kaynak buluyordu diyelim."

"Kimlere para verdiğinin kayıtları nerede?"

"İşte onu sadece İshak Bey bilirdi. Bir de Allah. Çünkü rahmetli kimseye güvenmezdi."

"Sen müşterilerin kim olduğunu bilmez misin?"

"Nereden bileyim başkomserim. Neredeyse Tahtakale'nin yarıdan fazlası gelir gider buraya? Ekonomik krizin vurmadığı esnaf mı var? Ama onu buraya gelip giden insanlar değil, teröristler öldürdü. Çünkü İshak Bey onların son istediği haracı vermedi."

İşte bu bilgi ilginçti.

"Teröristler haraç mı alıyordu?"

"Evet her ay muntazaman."

"Öldürülen öteki iki kişi, onlar da haraç ödüyorlar mıydı?"

"Ödüyorlardı, konuşurlarken duymuştum."
"Siz ne zamandır İshak Bey'in yanındasınız?"
"On yıl olmuştur. İyi anlaşırdık rahmetliyle."
"Ailesi filan var mıdır?"
"Ailesiyle oturmazdı. Bir hanıma âşık olmuştu. Anjel. Onunla yaşıyordu. Musevi cemaatinden çekindiği için karısı Sara Hanım'ı da boşayamamıştı."
"Nerede oturur bu Anjel?"
"Bebek'teki villada."
"Karısı Sara Hanım nerede oturuyor?"
"O Kanlıca'da eski konakta oturur."
"Peki sen ne yapacaksın?" diye sordum. "Patron öldüğüne göre işsiz mi kalacaksın?"

Ben içeri girdiğimden beri büyük bir saygıyla bizi dinleyen üç oğlunu işaret etti.

"Şükür, yetişkin üç oğlum var. Onlarla bir tezgâh açar, geçinir gideriz."

Tahtakale'de işim bitince yeniden cezaevinin yolunu tuttum. Beni tekrar karşısında gören Celal'in gözleri umutla ışıldamıştı. Ama sorum onu hayal kırıklığına uğratmaya yetti.

"Bu olayda bana söylemediğin şeyler var" dedim. "Öldürülen adamlardan haraç alıyormuşsunuz."

Geri adım atmadı Celal.

"Evet" dedi kaşlarını çatarak. "Halkın sırtından geçinenlerin paralarının bir kısmını kamulaştırmak, son derece ahlaki bir davranıştır."

"Ödemeyi kesince onları öldürmek de ahlaki bir davranış mıdır?"

Yüzü kıpkırmızı olmuştu.

"Biz kimseyi öldürmedik" diyecek oldu.

"Celal bana bak" diye kestim sözünü. "Benimle oyun oynuyorsan..."

"Hayır" dedi kendinden emin bir sesle. "Biz bu tür oyunlara tenezzül etmeyiz. Ne bulduğunu anlatırsan belki sana yardımcı olabilirim."

Ona hiçbir açıklama yapmadan ayrıldım. Artık Anjel'le konuşmaya gidebilirdim. Sahil yolundan merdivenlerle çıkılan, Boğaz manzaralı muhteşem bir villada oturuyordu Anjel. Merdivenleri çıkarken, Nefruz'un büyük oğluyla karşılaştım.

"Hayrola" dedim, "Ne arıyorsun burada?"

"Anjel Hanım, bize İshak Amca'nın emaneti. Bir ihtiyacı var mı, diye sormaya gelmiştim."

Yanıt yerindeydi, delikanlıyı uğurlayıp Anjel'in kapısını çaldım. Anjel güzel bir kadındı. Otuzlarında olmalıydı, giydiği siyah yas giysileri bile yakışmıştı. Bana yakın davrandı.

"Hiç düşmanı yoktu" dedi. "Bir tek bu örgüt. Yıllarca soydular İshak'ı. Artık canına tak dedi. Ödemeyince de öldürdüler..."

Yeşili bol ela gözleri dolmuştu.

"Eşi sizi evden atacakmış" dedim.

"Atsın, artık hiçbir şeyin önemi yok. İshak öldükten sonra ne bu evin, ne de hayatın tadı kaldı."

"Az önce merdivenlerde bir gençle karşılaştım."

"Evet, Nefruz Bey'in oğlu. Nefruz Bey, İshak'ın yardımcısıdır. O da çocukları da iyi insanlardır. Sağ olsun bir ihtiyacım var mı, diye sormaya gelmiş."

Anjel'den ayrılınca bizim emektar Renault'nun burnunu Kanlıca'ya çevirdim. Sara Hanım'ın Kanlıca'daki konağı Bebek'teki villaya göre oldukça mütevazı sayılırdı. Sara Hanım orta yaşın sonlarına gelmişti. Kederli gözlerini yüzüme dikerek, "İshak'a her zaman söyledim" dedi. "Anjelik seni değil, paranı seviyor diye..."

"İshak Bey'in ölümünün Anjel'le ne ilgisi var?"

Yanıt vermek yerine acı acı güldü.

"Anjel kocanızı neden öldürsün ki?" diye üsteledim. "Yasal mirasçısı bile değil. Hem onu villadan da atıyormuşsunuz."

"Villa nedir ki Nevzat Bey? İshak'ın milyonlarca dolar alacağı var piyasada."

"İyi de İshak Bey öldüğüne göre, kim toplayacak paraları?"

"Daha önce kimler topladıysa yine onlar" diye açıkladı kadın.

"Kim onlar?"

"Nefruz'la üç oğlu. Kime ne verildiyse onlar biliyor."

"Ya borçlular, biz parayı İshak'tan aldık size ödemeyiz, derlerse?"

"Bunu kimse söyleyemez, söylerlerse başlarına geleceği bilirler. İshak sağken de böyle yürürdü işler. Ondan neden ayrıldığımı sanıyorsunuz?"

"Yani kocanızı onlar mı öldürdü diyorsunuz?"

Bir şey söylemedi, sadece manidar bir gülümseme belirdi dudaklarında.

"Ya öteki iki tefeciyi?" diye sordum merakla

"Bakın Nevzat Bey, ben yalnız bir kadınım. Kimseyi suçlayacak değilim. Sözlerimden ne çıkarırsınız bilmiyorum ama bu dünyada güçlü olan, kıyıcı olan piyasanın hâkimi olur."

Merkeze döner dönmez ilk işim Nefruz ve oğullarını araştırmak oldu. Suç dosyaları oldukça kabarık bir aile çıktı karşıma. Nefruz da, üç oğlu da adam yaralamaktan, sayısız defa içeri girip çıkmışlardı. Üç işadamının aynı saatte öldürülmüş olduğunu anımsadım. Nefruz, *Baba* filmindeki gibi, rakiplerini aynı anda yok edip tetikçilikten patronluğa yükselmek istemiş olabilir miydi? Bunu anlamak için yeniden Tahtakale'ye gitmem gerekti. Yaptığım soruşturma gerçeği ortaya çıkarmıştı. Gerçekten de işleri Nefruz ve oğulları almıştı. Hem sadece İshak'ın değil, Aydemir ve Can'ın müşterilerine de el koymuştu. Asım'la konuşmanın zamanı gelmişti. Söylediklerimi duyunca canı sıkıldı. İşi yokuşa sürmeye kalktı, baktı kararlıyım, ne istersen yap ama benden yardım bekleme, dedi.

O gece Nefruz ve üç oğlunun evini bastık. Ama ne cinayet aletlerini bulabildik, ne de tefecilik yaptıklarını kanıtlayan borçlu kayıt defterlerini. Ancak geçen gün Anjel'in evine çıkarken gördüğüm büyük oğlanın kadınla samimi pozda çekilmiş fotoğraflarını ele geçirdik. Belli ki kadın da işin içindeydi. Nefruz'u, oğullarını ve Anjel'i sorguyla aldık. Çapraz sorguda saatlerce terlettik. Ne yazık bir sonuç alamadık. Karşımızdaki çete akıllıydı. İşlerini şansa bırakmamışlar, geçmemizi sağlayacak bütün kapıları kapatmışlardı. Hiçbir sonuca ulaşamayınca ben bile kuşkuya düşmüştüm. Yoksa gerçekten de masumlar mıydı? Öyle ya da böyle beşini de salıvermek zorunda kaldık. Yine de olanları Celal'e anlatmak ihtiyacı hissettim. O uzun gecenin ardından eve gidip temiz bir uyku çektikten sonra yeniden cezaevinin yolunu tuttum. İlgiyle dinledi beni Celal. Çatık kaşları çözüldü.

"Sen iyi bir adamsın Nevzat Amca. Elinden geleni yapmışsın. Keşke bütün polisler senin gibi olsaydı."

"Bunun polislerle ilgisi yok. Eğer gerçek söylediğin gibiyse olan ölenlere oldu."

"Söylediklerim gerçek Nevzat Amca" dedi Celal. "Ben sana yalan söylemem."

"O zaman ölenlere yanarım. Kanları yerde kaldı zavallıların."

Sert ama aydınlık bir gülümseme belirdi yüzünde.

"Hemen yıkılma öyle Nevzat Amca. Dur bakalım, gün doğmadan neler doğar."

Celal'in sözlerini ciddiye almamıştım ama bir ay sonra gazetelerde Nefruz, üç oğlu ve Anjel'in enselerine birer kurşun sıkılarak öldürülmüş olduklarını okuyunca olanı biteni anladım. Galiba bu olayda Tanrı, adaleti sağlamak için, tuhaf bir yöntem kullanmaktan çekinmemişti.

Tarikat Cinayetleri

Cesetler şehir çöplüğünde bulunmuştu. Üçü de gençti, erkekti, çıplaktı; üçü de başlarına sıkılan birer kurşunla öldürülmüştü. Katil bununla da yetinmemiş, üçünün de cinsel organlarını kesip ağızlarına tıkıştırmıştı. Çevrede ne giysileri vardı, ne de kimliklerini gösteren bir belge.
"Bir namus cinayetine benziyor" diye mırıldandım. Yardımcım Ali görüşlerime katılmıyordu.
"Belki de birileri bizim böyle düşünmemizi istiyor Amirim."
Merkeze dönünce, maktüllerin parmak izlerini araştırmaya başladık. Şanslıydık, bizde dosyaları vardı. Üçü de, bir yıl önce "Yeniden Doğuş" adlı tarikata yönelik operasyonda gözaltına alınmışlardı: Serkan modacıydı, Tarık fotoğrafçı, Şuayip ise jinekologtu. Modacı olan Serkan, kimi ünlülerin telefonlarının dinlenmesi ve mahrem fotoğraflarının çekilmesi iddiasıyla iki ay kadar tutuklu kaldıktan sonra salıverilmişti, öteki iki kişi de aynı davada tutuksuz olarak yargılanıyorlardı.
"Neden şantaj yapıyorlar ki?" diye sordu Ali. "Para için mi?"
"Sanmıyorum, baksana hepsinin de hali vakti yerinde. Bir tür güç yaratmak için olmalı. Kendilerine engel olan insanların zayıf yanlarını bulup kullanmak istemişler. Ama ayrıntıları öğrenmek için evleri araştırmamız gerekir."

Maktüllerin üçü de bekâr olmasına rağmen evler oldukça düzenliydi. Üç evde de aynı markanın son modellerinden birer bilgisayar vardı. Uzmanlarımızı çağırıp bilgisayarları incelemelerini istedik. Evlerde "Yeniden Doğuş" tarikatının görüşlerinin açıklandığı kitapçıklar bulduk. Kitapçıklarda, Musevilik, Hıristiyanlık ve Müslümanlık'ın özünde aynı dinler olduğu belirtilerek, Tanrıtanımazlığa karşı bu üç dinin birleşmesi gerektiği vurgulanıyordu. Üç dinin birleşmesiyle "Yeniden Doğuş"un gerçekleşeceği savunularak, bu tarikatın üyelerinin kutlu kişiler olduğu, onların Allah'ın verdiği her nimeti ortaklaşa kullanabilecekleri belirtiliyordu.

"Her nimet, derken neyi kastediyorlar acaba?" diye söylendim.

"Zenginlik herhalde" diye yanıtladı Ali. "Mal, mülk, bu evler..."

Aklımdan kadınlar, diye geçirdim ama bu düşüncemi yardımcıma açmadım.

Evlerde işimize yarayacak ne bir ipucu, ne de bir belge bulabildik. Daha tuhafı evlerde hiç fotoğraf da yoktu.

"Demek ki kendilerinin belgelenmesini istemiyorlar" diye yorumladı Ali.

"Ama başkalarını belgelemekten geri durmamışlardı" dedim.

"Sahi Amirim, katil şantaj yapılan kişilerden biri olamaz mı?"

"Olabilir" dedim. "Belki tarikatın lideri bu konuda bir şeyler anlatır bize..."

Tarikat lideri Sıddık Kuddusi, Nakkaştepe'de Boğaz manzaralı muhteşem bir villada oturuyordu. Villanın duvarları kale burçları gibi yüksekti ve çevresi kameralarla gözetleniyordu. Biz bahçe kapısından girerken, Sıddık Kuddusi'nin, ünlü mafya babalarından Kesik Talat'ı uğurladığını gördük. Kesik Talat yeraltı dünyasının en acımasız, en kurnaz adamlarından biriydi.

"Talat'ın yanındaki şu kel adamı gördünüz mü Amirim?" dedi Ali şaşkınlıkla. "Ne kadar da iri."

"Kavgada karşısına düşmemeye çalış" dedim gülerek.

Konuklarını uğurladıktan sonra, Sadık Kuddusi, salonuna aldı bizi. Ellili yaşlarını sürüyordu. Yıllar önce İstanbul'a taşınan Mardinli bir aşiret reisinin tek oğluydu. Arapça bir vurguyla konuşuyordu. Öyle kendinden emin bir hali vardı ki, aksanı ona gizemli bir hava veriyordu. Fakat tarikat kardeşlerinin ölüm haberlerini öğrenince ne kendine güveni kaldı, ne de o gizemli havası.

"Kaç gündür haber alamıyorduk" diye açıkladı boğuk bir sesle. "Onları kim öldürmüş olabilir?"

"Belki, şantaj yaptığı kişiler" dedim. "Çok insanın canını yakmışlar."

"Üstelik aynı dosyalarda sizin de adınız sıkça anılıyor" diye hatırlattı Ali.

"Yalan, söylenenlerin hepsi yalan. Bizi lekelemek istiyorlar."

"Bakın Sıddık Bey" dedim. "Bizi tarikatınızın yaptıkları değil, cinayetler ilgilendiriyor. Bildiklerinizi saklamazsanız iyi olur. Arkadaşlarınızı öldürenler her an sizin de kapınızı çalabilir."

Sıddık'ın rengi attı.

"Bildiğiniz bir şey mi var? Beni de mi öldürecekler?"

"Tehlikede olduğunuzu siz de biliyorsunuz. Yoksa sizi koruması için Kesik Talat'la anlaşmazdınız."

"Yanılıyorsunuz. Talat Bey bizim cemaate saygı duyuyor..."

"Saygı mı duyuyor, sizden para mı alıyor, bilmiyorum. Ama karşımızda üç genç adamı öldürdükten sonra cinsel organlarını kesip ağızlarına verecek kadar gözü dönmüş insanlar var... Kesik Talat'ın sizi nasıl koruyacağı çok şüpheli..."

"Ya siz? Katillere engel olmayacak mısınız?"

"Katillere engel olmanın tek yolu onları yakalamak. Ama bize bilgi vermezseniz, onları nasıl yakalayabiliriz?"

"Erol Yuvadar" diye mırıldandı Kuddusi. "Bizi tehdit eden kişi Erol Yuvadar."

Erol Yuvadar'ı tanıyordum. Karanlık işlere bulaşmazdı ama güçlü, etkili bir adamdı. Tek zaafı genç kızlardı. Sık sık gazetelerin sosyete haberleri sayfasında boy gösterirdi.

"Erol Yuvadar neden tehdit ediyor ki sizi?" diye sordu Ali.

"Bu adam Mimoza adında bir mankene âşık olmuş, kız da bizim arkadaşlardan birini seviyor. Ancak bizim çocuklar, ilahi aşkla yandıkları için, tek kişiye yüreklerini açma acizliğine düşmezler. Arkadaşımız, Mimoza'yı reddedince, kız bize iftiralar atarak Erol Yuvadar'a sığınıyor. Erol Yuvadar kıza âşık ya, ne söylerse inanıyor. İki kez bu eve ateş açtırdı..."

"Erol Yuvadar olduğunu nereden biliyorsunuz?"

"Başka kim olabilir ki? Her telefon açtığında sizi öldüreceğim, diyor."

Erol Yuvadar'ı, Kavacık'taki dairesinde bulduk.

"Başta Sıddık olmak üzere onların hepsi alçak" diye kustu kinini. "Yakışıklı çocukları kullanarak mankenleri, aktristleri tuzağa düşürüyorlar. Onlar aracılığıyla da tanınmış işadamlarını avlıyorlar..."

"Sıddık Kuddusi'yi tehdit ediyormuşsunuz" dedim.

"Tehdit etmiyorum. Ellerinde Mimoza'nın uygunsuz fotoğrafları var, onları istiyorum. Ama vermiyorlar..."

"Mimoza'nın fotoğraflarını çeken adamın ismi Serkan mı?"

"Yok, Tarık diye bir puşt. O da eski manken. Bulsam canına okuyacağım ama herif Almanya'ya kaçmış."

Erol Yuvadar'dan daha fazla bilgi alamadık. Merkeze dönünce, bilgisayarları inceleyen uzmanlardan Nazmi'nin laboratuvarda bizi beklediğini öğrendik. İner inmez başladı Nazmi anlatmaya:

"Üç bilgisayar da internet kullanımına açıktı. Ancak bütün mesajlar silinmişti. Sadece Serkan'ın bilgisayarının internete bağlanmasında bir sorun varmış. İnternet sağlayıcısı şirketle görüşerek sorunu çözdük. Böylece elimize bir mesaj geçti. İşinize yarar mı bilmiyorum, isterseniz bir göz atın."

Ekrandaki mesajı okumaya başladık:

"Sevgilim, bak sana hâlâ sevgilim diyorum... Çünkü seni tanıyıncaya kadar kimseyi sevmemişim. Eski eşim dünyanın en iyi insanıydı, onu bile senin için terk ettim. Fakat senin için tarikat her zaman benden daha önemliydi. Beni tarikattaki arkadaşlarınla paylaşmaktan bile çekinmedin. Belki beni seversin diye bu rezilliğe bile razı oldum ama sen bana hiç değer vermedin. Senin için tarikatta kullandığınız öteki kadınlardan hiçbir farkım olmadığını anladığımda artık çok geçti. Ben, arkadaşlarına senin için katlanmıştım, senin için onların sapıklıklarına göğüs germiştim. Yaptıklarımız beni utandırıyor. Daha fazla dayanamayacağımı hissediyorum.

Yanlış anlama, artık senden bir şey istemiyorum, sadece içimi dökmek istedim... Hoşça kal... Nil Kara."

"Bu bir intihar mektubuna benziyor" dedim. "Hazır bilgisayarın başındayken internette araştırın bakalım şu kadını. Gazetelere yansıyan bir olay var mı?"

Yanılmamıştım. İki günlük gazetenin üçüncü sayfalarına haber olmuştu kadın. Gazetenin ilkinde "Güzel Nil'in İntiharı" başlığıyla verilmişti haber. Kadının küçük bir fotoğrafını da yerleştirmişlerdi. İkinci gazetede ise haber "Güzel Nil Gençliğini Yaşayamadı" başlığıyla verilmişti. Bu haberde kadının cenazesinden de bir resim konulmuştu. Haberde ayrıntı yoktu, sadece kadının kendini asarak canına kıydığı yazılıydı.

Kimmiş acaba bu kadın, diye soracakken, Ali heyecanla, bilgisayar ekranındaki cenaze fotoğrafını işaret etti.

"Amirim, şu adamı hatırladınız mı?"

Cenazeye katılanların arasında, kel kafalı oldukça iri yarı birini gösteriyordu.

"Bu Kesik Talat'ın koruması olan adam değil mi?"

Haklıydı. Bu herifin Nil'in cenazesinde ne işi vardı?

"Yakınıdır herhalde" diye açıkladı Nazmi.
"Ya da" dedim.
"Kesik Talat'ın yakını" diye benden önce açıkladı Ali.
"Evet, Kesik Talat'ın yakını" diye mırıldandım. "Şu Kesik Talat'ın dosyalarını getirin bakalım. Nil adında yakın bir akrabası var mı?"
Dosyaları açar açmaz gerçek olanca çıplaklığıyla çıktı karşımıza. Talat'ın en küçük kızının adı Nil'di.
"Soyadı neden değişik Amirim. Talat'ın soyadı Urgan, kızınki Kara."
"Mesajda evlendim diyor ya."
"İyi de 'Yeniden Doğuşçular' Kesik Talat'ın kızına bulaşmaya korkmazlar mı? Dahası Kesik Talat neden onlarla birlikte?"
Ali'nin sorularını yanıtlamak yerine, "Hemen destek kuvvet alıp Sıddık Kuddusi'nin villasına gitmemiz gerek" dedim.
Ali ne yapmak istediğimi anlamamıştı ama söylediklerime harfiyen uydu. Villaya yaklaşınca, içeri girmeden önce adamlarıma etrafı sarmalarını söyledim. En güvenilir üç adamı da yanımıza alarak Ali'yle birlikte kapıya yaklaştık. Defalarca çalmamıza rağmen kapı açılmadı. Kapıyı kırıp içeri girmek zorunda kaldık. Ancak daha bahçeye girer girmez, üzerimize kurşunlar yağmaya başladı. Kendimi yere atarken Kesik Talat'ın Mercedes'ini gördüm. Galiba işin üstüne gelmiştik. Çatışma yarım saat kadar sürdü. Villadan canlı çıkamayacağını anlayan Talat ve ikisi yaralı dört adamı sonunda teslim oldu. Villaya girdiğimizde karşılaştığımız manzara korkunçtu. Sıddık Kuddusi kanlar içinde yerde yatıyordu. Cinsel organının olması gereken yerde pelteleşmiş bir et parçası duruyordu. Henüz ölmemişti ama o kadar acı çekiyordu ki ölmek için her şeyi vermeye hazırdı.
Ali, Kesik Talat'ı sarsarak, "Ne yaptınız adama?" diye bağırdı.
"Az bile yaptık" dedi Talat. Davasından emin bir adamın gururu içindeydi. "Benim kızımı orta malı yapmışlar. Bir

fahişe gibi kullanmışlar... Nil'in yerinde senin kız kardeşin olsa, sen ne yapardın acaba?"

"Ama sen de kızını boşta bırakmışsın" dedim araya girerek. "Onun bu tarikata bulaşmasına aldırmamışsın."

"Böyle olacağını nereden bilirdim. İstemediğim bir adamla evlendi. Onu evlatlıktan reddettim. Bu çakallar da Nil'in benim kızım olduğunu anlamamışlar. Oysa Nil en sevdiğim çocuğumdu benim..."

Kesik Talat'ın gözleri dolmuştu ama kendini tuttu yanımızda ağlamadı, sadece başını yere eğdi. Artık benimle konuşmayacağını biliyordum, yine de üsteledim.

"Sen de öncelikle kızınla cinsel ilişkiye giren üç kişiyi cezalandırdın. Ama bununla yetinmedin. Sıddık'a yanaşarak, onu koruyacağını söyledin. Böylece bütün güvenlik duvarlarını aşıp kızının ölümünden sorumlu tuttuğun asıl kişiyi rahatça ele geçirdin."

Hiçbir şey söylemedi Talat, sadece kederli gözlerle baktı yüzüme. Şimdi eli kanlı bir katil değil, yüreği acıyla dolu bir baba duruyordu karşımda.

Yasını Tutacağım

Oğuz'un cesedi, motosikletinin yanına düşmüştü. Genç adam kalbine isabet eden 9 milimetrelik bir kurşunla öldürülmüştü.

"Ne kadar da yakışıklıymış" diye mırıldandı Ali.

"Keşke olmasaydı" dedi cinayeti bize bildiren arkadaşı İhsan. "Başına ne geldiyse bu yüzden geldi." Gözleri dolmuştu. "O Cesim denen itin kız arkadaşına bulaşma, dedim. Başını yediler çocuğun işte."

"Dur, dur" diye uyardım İhsan'ı. "Cesim kim? Başından anlat şu işi bakalım."

"Cesim, gazinocu Asım'ın oğlu."

"Şu kabadayı Asım'ın mı?"

"Evet, onun oğlu. Serserinin tekiydi. O da Oğuz gibi motor hastasıydı. Bir de sevgilisi var, Çağla adında. Bu Çağla bizim Oğuz'a taktı. Kız güzel, bizim oğlanın aklı karıştı. Kızla internette filan yazışmışlar. Bu Cesim iti de mesajları görmüş. Sille tokat girdiler birbirlerine. Güç bela ayırdık. Ama Cesim, 'Cesaretin varsa, bu akşam yarışalım' diye bağırmaz mı? Bizim Oğuz da 'Tamam ulan' dedi. Uzatmayalım, on gün önce oldu bu yarış..."

"Eee..."

"Eee'si Oğuz ilk üç yüz metrede geçti Cesim'i. Cesim hızını artırdı, sonunda da yoldan çıkıp bir duvara çarptı. Çarptığı anda da hayatını kaybetti."

"Cesim'in babası Asım ne dedi bu işe?" diye sordu Ali.
İhsan'ın bakışları arkadaşının cesedine kaydı.
"Ne dediği ortada değil mi?"
Yani Oğuz'u, Asım mı öldürdü, diyecektim ki, bahçesinde bulunduğumuz villanın kapısı açıldı. İçeriden gözlüğünden ayakkabısına kadar siyahlar içinde bir kadın çıktı.
"Muhteşem Hanım" diye fısıldadı İhsan. "Oğuz'un amcasının karısı. Olayı bana bildiren o. Ben de hemen sizi aradım..."
Muhteşem Hanım yaklaştı. Genç adamın cesedine baktı. Sarsıldı, düşmesinden korktum ama korktuğum gibi olmadı.
"Onu böyle yerde daha çok bekletecek misiniz?" diye sordu.
"Bekletmeyeceğiz" dedim. "Olay yeri incelemesi bitmek üzere. Size de bazı sorularımız olacaktı. Onu siz bulmuşsunuz galiba."
"Evet, sabaha doğru, saat beş filan olmalı, silah sesleriyle uyandım..." Durdu, konuşmakta zorlanıyordu. "Kusura bakmayın kendimi iyi hissetmiyorum."
"Eşiniz... onunla konuşsak..."
"Eşim iki yıl önce öldü."
Kadın otuz beşinde bile yoktu, adam eceliyle ölmüş olamazdı.
"Çok üzüldüm. Kaza mı?"
"İntihar ama daha fazla konuşmak istemiyorum. Yarın gelin, o zaman konuşuruz."
Üstelemenin yararı yoktu. İşlerimizi bitirip Asım'ın gazinosuna yollandık.
Gündüz olduğu için gazino sakindi. Asım'ın, sol yanağında yara izi taşıyan bir adamı karşıladı bizi. Kendimizi tanıtınca, patronunun yanına götürdü. Asım'ı tanıyordum. Üç yıl önce bir cinayet davasında sorgulamıştım. Adamı onun öldürttüğünü biliyordum ama kanıtlayamamıştım. O günden beri diş biliyordum Asım'a. Ama bu güne kadar elime geçmemişti. Şimdi yeniden karşı karşıyaydık. Ancak onu görünce öfkem azalır gibi oldu. On yıl birden yaşlanmış

gibiydi. Oğlunun ölümü onu yıkmış olmalıydı. Ama ona acıyacak halim yoktu.

"Oğuz Tanlı'yı öldürmüşler."

"Şu motosikletli oğlan mı?"

"Evet, oğlunun ölümüne neden olan çocuk..."

Gözlerinden bir sevinç parıltısı geçti.

"Allah'ın adaleti mi demeli?"

"Allah'ın bu tür işlere baktığını sanmıyorum. Oğuz'un vücudundaki kurşun kul silahından çıkma."

"İyi ya, Allah da tetikçi kullanıyor demek ki..."

Bu kadar alaycılık yeterdi.

"Bu sabah neredeydin?" diye sordum.

"Han Otel'de arkadaşlarla kâğıt oynuyorduk. En az beş şahidim var. Bu işi bana yıkamazsın Nevzat."

"Benim kimseye bir şey yıktığım yok. Ama bu işte senin parmağın varsa, bu defa elimden kurtulamazsın. Şu şahitlerin adlarını ver bakalım..."

Gazinodan çıkıp arabamıza giderken, "Sizce o mu yaptı Amirim?" diye sordu Ali.

"Bilmiyorum" dedim. "Anlayacağız. Sen, şu şahitlerle bir konuş. Ben de Çağla denen genç kızı bir yoklayayım."

Çağla'yı evinde buldum. Cesim'in ardından Oğuz'un ölümüyle şoka uğramıştı. Rahatlatıncaya kadar epeyce uğraşmam gerekti.

"Cesim'le ilişkimiz bitmişti" diye anlatmaya başladı. "Oğuz'u görür görmez sevmiştim. O da beni sevmişti. Ama ikimizin de bitirmesi gereken ilişkileri vardı. Cesim'le açıkça konuştum. Çok kızdı, Oğuz'a saldırdı. Öfkesi ölümüne neden oldu. O ölünce babası beni de, Oğuz'u da tehdit etmeye başladı."

"Sence Oğuz'u, Cesim'in babası mı öldürdü?"

"Başka kim olabilir ki?"

"Az önce ikimizin de bitirmesi gereken ilişkileri vardı, dedin. Oğuz'un da bir aşk ilişkisi mi vardı?"

"Galiba..."

"Galiba mı?"

"Oğuz birine bağlı olduğunu söylüyordu. Ama 'Bana kim olduğunu sorma' dedi. 'Ben seni seviyorum, o ilişkiyi de hemen bitereceğim' dedi. Hatta amcasının evinden ayrılacak, birlikte yaşayacaktık."

"Oğuz amcasının evinde mi kalıyordu?"

"Evet, aslen Tarsus'ludur Oğuz. Amcası Nedim Bey zengin bir adamdı. Hiç çocuğu da yok. Oğuz İstanbul'a okumak için gelince onu yanına almış. Kendi oğlu gibi sevmiş. Amcasının lafı geçince çok üzülürdü Oğuz."

"Nedim Bey intihar etmiş galiba."

"Evet, adam kanser olmuş. Bunalıma girmiş. Bir geceyarısı tabancayı dayamış alnına."

Çağla'yı acısıyla başbaşa bırakıp merkeze yöneldim. Büroma girer girmez arşivden Köstebek Sırrı'yı aradım. Nedim Bey'in adını verdim. Bir intihar olayı olduğunu ekleyerek dosyayı bulmasını söyledim. Önce mırın kırın etti Sırrı. Ama adım gibi biliyordum ki, mümkün olan en kısa sürede dosyayı masamın üzerine koyardı. Yorgunluk kahvemi yeni bitirmiştim ki, Ali damladı merkeze.

"Şahitler Asım'ı doğruluyor Amirim" dedi. "Cinayet saatinde Han Otel'de kâğıt oynuyormuş."

Ertesi sabah ilk işimiz Muhteşem Hanım'ı ziyaret etmek oldu. Kadın yine aynı soğuk tavırla karşıladı. Ama sorularımızı yanıtlamakta sakınca görmedi.

"İki el silah sesiyle uyandım. Yataktan fırlayıp bahçeye baktım. Oğuz kanlar içinde yerde yatıyordu."

"Yanında kimse yok muydu?"

"Karanlıktı, kimseyi görmedim. Ama bizim bahçıvan Salih, birkaç gündür evin etrafında dolaşan yanağında yara izi olan bir adamı gördüğünü söylüyor."

Bu, gazinoda bizi karşılayan Asım'ın adamı olmalıydı. Ama konuyu dağıtmamak gerekiyordu.

"Peki cinayet saatinde bahçıvan kimseyi görmemiş mi?" diye sordum.

"Bahçıvan o gece villada değildi."

"Eşinizin intihar ettiğini söylemiştiniz" diyerek araya girmek istedi Ali. Muhteşem Hanım'ın kaşları çatıldı.

"Eşimin bu konuyla ne ilgisi var?"

Müdahale etmek zorunda kaldım.

"Sinirlenmeyin lütfen. Bir cinayet soruşturmasının ortasındayız. Ne kadar çok bilgi edinirsek, olayı o kadar çabuk çözeriz."

"Eşimi rahat bırakın. Onun ölümünün bu cinayetle bir ilgisi yok."

Biraz daha üstelesek kadın bizi evinden kovabilirdi. Acısına hürmeten geri adım attım.

Yeniden merkeze döndük. Savcılıktan arama izni aldıktan sonra ekipleri toparlayıp Asım'ın gazinosunu bastık. Asım ve beş adamını beş ruhsatlı silahla birlikte ele geçirdik. Silahları balistik incelemeleri için laboratuvara gönderdikten sonra Muhteşem Hanım'ın bahçıvanı Salih Efendi'yi merkeze getirttik. Salih Efendi, Asım'ın yüzü yaralı adamını görür görmez teşhis etti. Ama yüzü yaralı adam da, Asım'a da yaptığımız ağır sorguya rağmen cinayeti kabul etmediler.

Yorgun, üstelik hiçbir sonuca ulaşamadan büroma döndüğümde masamın üzerindeki dosyayı buldum. Köstebek Sırrı yine işini başarıyla tamamlamıştı. Dosyayı açınca, Muhteşem Hanım'dan çok daha yaşlı görünen bir adamın fotoğrafıyla karşılaştım. Bu Nedim Bey'di. Dosyada yazılanlara bakılırsa, gerçek bir intihar olayıyla karşı karşıyaydık. Tabanca sağ elinde bulunmuştu, adam sağ şakağından vurulmuştu, 9 milimetrelik kurşun adamcağızın beynini parçalamıştı. Merakla maktülün elinde barut izi bulundu mu, diye dosyaya baktım. Evet, sağ elinde barut izleri vardı. Ama aklım bir noktaya takıldı. Oğuz'u öldüren tabancadan çıkan kurşun da, tıpkı amcasının kendini vurduğu tabancanınkiler gibi 9 milimlikti. İster önsezi deyin, ister mesleki deneyim, içime bir kurt düştü. Amca'yı öldüren kurşunla, yeğeni Oğuz'un ölümüne neden olan kurşunun da incelenmesini istedim. Ama beklentim, Oğuz'un ölümüne neden olan kurşunun Asım'ın gazinosunda bulunan tabancalardan birinden atılmış olmasıydı. Eğer böyle bir sonuç gelirse, Asım da, adamları da elimizden kurtulamazdı.

Ertesi gün öğleye doğru geldi balistik sonuçları. Ne yazık ki beklentilerim boş çıkmıştı. Laboratuvardan gelen raporda Oğuz'u öldüren kurşunun gazinodaki silahlardan atılmadığı yazıyordu. Suratımı asıyordum ki, "Burada bir başka rapor var Amirim" dedi Ali. "Vay canına" diye söylendi ardından. "Nedim Bey'le Oğuz'u öldüren kurşunlar eşleşmiş."

Böyle bir ihtimali düşünmüş olmama rağmen, yine de raporda yazılanları görmeden inanamadım. Ali doğru söylüyordu, amca ve yeğeni öldüren tabanca aynıydı. Olay bir anda açıklığa kavuştu. Savcılıktan arama iznini alır almaz, bastık Muhteşem Hanım'ın villasını. Tabancayı saklamaya bile gerek duymamıştı. Mücevherlerini koyduğu çekmecede bulduk. Suçunu inkar da etmedi zaten. Sanki kendini bu sonuca hazırlamış gibiydi.

"Nedim Bey'le çok genç yaşta evlendim. Ona hiçbir zaman âşık olmadım ama bir eş olarak da bütün görevlerimi yerine getirdim. Oğuz daha evimize geldiği ilk gün, ona âşık olmuştum. Yaşayamadığım bütün duyguları uyandırmıştı Oğuz. Ama duygularımı içime attım. Kocama hiçbir zaman ihanet etmedim. İlişkimiz de kocamın ölümünden aylar sonra başladı. Ben Oğuz'un da beni sevdiğini sanıyordum ama onunki geçici bir hevesmiş. Beni bırakıp Çağla denilen o kıza âşık oldu. Umursamadım. Ne yapalım, o başkasını severse ben de onu unuturum, dedim. Olmadı, yapamadım. Aynı evdeydik, göz göre göre benden uzaklaşmasını görmek çok acıydı. Onunla yeniden konuşmak istedim. O gece hizmetçilere izin verdim. Ona kendi ellerimle bir sofra kurdum. En sevdiği yemekleri yaptım, sevdiği içkileri aldım. Yemekte ona âşık olduğumu, ondan vazgeçmeyeceğimi anlattım. Oğuz kabul etmedi. Üsteledim. Bana hakaretler etti, 'Senin yüzünden amcamın anısına saygısızlık ettim' dedi. Yine de onu bırakmamak istedim. Sarılmaya kalkıştım, beni itekleyerek dışarı çıktı. Kendimi kaybetmiştim, kocamın tabancasını nasıl aldığımı, dışarıya nasıl çıktığımı bile hatırlamıyorum. Sadece Oğuz'a gitme dediğimi hatırlıyorum. Tınmadı bile, bir yıl önce benim aldığım motosikletine bindi. Motosikleti çalıştırırken bastım tetiğe. Sonra villaya girerek olacakları beklemeye başladım. Suçumu gizlemeyi düşünmüyordum. Ancak siz soruşturmayı başka yönlere çekince sesimi çıkarmadım."

Muhteşem Hanım bunları anlatırken bile gururundan hiçbir şey kaybetmemişti. Sanki sormuşum gibi ekledi.

"Pişman da değilim. Onu başkasının kollarında görmek çok daha korkunçtu. Ölü de olsa artık o benim. Artık onun yasını sonsuza kadar tutabilirim."

YAPI KREDİ YAYINLARI / YENİLERDEN SEÇMELER

Nezihe Meriç
Oradan da Geçti Kara Leylekler

Jean Bertrand Pontalis
Bir Adam Yok Oluyor

Michael Greenberg
Geri Dön Günışığım

Orhan Pamuk
Veba Geceleri

Faruk Duman
Seslerde Başka Sesler
Nar Kitabı
Av Dönüşleri

Cevat Çapan
O Geniş Boşlukta
Bir Başka Coğrafyadan

Tuncer Erdem
Ben, Bozkır Yeli

Filiz Özdem
Bütün Ateşler Söndüğünde

Prof. Dr. Jeroen Poblome, Judith Desmyttere, Bahattin Öztuncay, Jan Baetens
Kaplumbağa Geldi Bir Gün Tek Başına

Diane Cook
Yeni Yaban

Hulki Aktunç
Sen Buranın Kışındasın - Günlükler (1964-1967)
İskandil - Günlükler (1968-1969)

Hazırlayan: **Asuman Susam, Duygu Kankaytsın**
İncelikler Tarihi - Gülten Akın Şiiri

Paul Valéry
Sabit Fikir

Selçuk Demirel
Birdenbire İstanbul

André Gide
Günlük (1887-1925) 1. Cilt

Derya Bengi – Erdir Zat
100. Yılında Cumhuriyet'in Popüler Kültür Haritası – 2 (1950 – 1980) / "Belki Duyulur Sesim"
100. Yılında Cumhuriyet'in Popüler Kültür Haritası – 1 (1923 – 1950) / "Her Savaştan Bir Yara"

Kerem Eksen
Ölümden Uzak Bir Yer

Alberto Manguel
Hayali Yerlerden Yemek Tarifleri

Ethan L. Menchinger
İlk Modern Osmanlı - Ahmed Vâsıf'ın Fikri Gelişimi

Hazırlayan: **Ayşe N. Sümer**
Semahat Arsel - Kuşaktan Kuşağa

Dag Solstad
On Birinci Roman, On Sekizinci Kitap

Margit Schreiner
Sevmek Dedikleri

Makbule Aras Eyvazi
Başa Dönemeyiz

YAPI KREDİ YAYINLARI / YENİLERDEN SEÇMELER

YAPI KREDİ YAYINLARI / YENİLERDEN SEÇMELER

Fahri Güllüoğlu
Laytmotif

Doğan Yarıcı
Miyop

Cem Gürdeniz
Kültürü ve Görgüsüyle Denizcilik

Şiir Erkök Yılmaz
Uyuyamamak
Dört Oyun - Bir Darbe Masalı, Antika Bir Oyun, Komşuculuk, Hayat Öpücüğü

Isaac Bashevis Singer
Bir Dans, Bir Sıçrayış - Toplu Öyküler 2
Ay ve Delilik - Toplu Öyküler 3

Daniel M. Davis
Tedavi Harikaları - Bağışıklık Sistemi ve Yeni Sağlık Bilimi

Burak Aziz Sürük, Cengiz Çakıt
Telezzüz
Telezzüz - Savour the Flavour - Inspirational Delicacies fromTurkish Cuisine

Nursel Duruel
Geyikler, Annem ve Almanya 40 Yaşında

Javier Marías
Kurt Mıntıkası
Vahşiler ve Duygusallar

Claudio Magris
Enstantaneler
Krems'te Bükülü Zaman

Franz Kafka
Milena'ya Mektuplar

Hazırlayan: Şeyda Postacı
Psikanaliz Defterleri 8 - Çocuk ve Ergen Çalışmaları / Utanç ve Suçluluk

Anne Glenconner
Nedime - Tacın Gölgesindeki Olağanüstü Hayatım

Süreyya Berfe
Yavaş Yavaş Bilemiyorum

Orhan Duru
Düşümde ve Dışımda
Kazı
Yeni ve Sert Öyküler

Bige Örer, Ahu Antmen, İz Öztat, Fatih Özgüven, Paolo Colombo, Seza Paker
Füsun Onur: Evvel Zaman İçinde

Cem Behar
Kadîm ile Cedîd Arasında - III. Selim Döneminde Bir Mevlevi Şeyhi: Abdulbâki Nâsır Dede'nin Musıki Yazmaları

Mehmet Can Doğan
Şiirin Retoriği

Vénus Khoury-Ghata
Marina Tsvetayeva ya da Alabuga'da Ölmek

Peter Ackroyd
Bay Cadmus

Bram Stoker
Dracula

YAPI KREDİ YAYINLARI / YENİLERDEN SEÇMELER